作家榜®经典名著

读经典名著，认准作家榜

彼岸花

小津安二郎经典作品集

[日]小津安二郎 [日]野田高梧 著

张丽娟 译

浙江文艺出版社

目录

彼岸花

早安

浮草

译后记 遗憾方为人生

386　257　139　001

彼岸花

> 1958年（昭和三十三年）摄制
> 松竹大船制片厂
> 现存剧本、底片、拷贝
> 12卷，3225米（118分钟），彩色
> 1958年9月7日公映

职员表

- 制片　山内静夫
- 原作　里见弴
- 编剧　野田高梧　小津安二郎
- 导演　小津安二郎
- 摄影　厚田雄春
- 美术　滨田辰雄
- 音乐　斋藤高顺
- 录音　妹尾芳三郎
- 照明　青松明
- 剪辑　滨村义康

堀江平之助　　比龙二
近藤庄太郎　　高桥贞二
曾我良造　　　十朱久雄
长沼一郎　　　渡边文雄
女招待　明美　樱睦子
若松老板娘　　高桥丰
临时女佣　富泽　长冈辉子
同学　菅井　　菅原通济
同学　中西　　江川宇礼雄

出场人物

平山涉	佐分利信
清子	田中绢代
节子	有马稻子
久子	桑野美雪
谷口正彦	佐田启一
佐佐木初	浪花千荣子
幸子	山本富士子
三上周吉	笠智众
文子	久我美子
河合利彦	中村伸郎

1　东京车站

下午三点左右,车站站台。

2　十二号线

开往湘南的电车刚刚出发,发车时刻表上,数字噼里啪啦地跳动着。
前来欢送新婚旅行的人们寒暄着往回走。
"今天太谢谢您了,百忙之中还赶来送行。"
"哪里,凑巧天气也这么好……恭喜恭喜。"
诸如此类的客套话。
大家都身穿礼服,手持花束抑或礼物。这样的人群约有三组。
在站台边上,有站务员两人,边打扫边交谈着。

A 今天是个好日子吧?

B 怎么说?

A 估计是黄道吉日。否则怎会有这么多对新婚旅行的?

B 不过,新娘子都算不上漂亮呢。

A 你看到刚才那对了吗?十五分开往热海方向的。

B 噢,差点忘了,那个还真不错。今天就属那位漂亮了。

A 嗯,可不是吗?看来要变天了,你看警报都出了。

B 乐极生悲啊。

A 嗯。

B (忽然发现)喂,又来一位。

A 哦,这个也不错,就是有点儿瘦。

3　站台的柱子上挂着"强风警戒"的标志

4　透过车站旅馆的窗户看到的站台

5 车站旅馆的走廊

能听到《高砂》[1]的谣曲。走廊上立有告示牌,上书"三岛家、河合家宴席"。

6 婚宴会场

新郎新娘端坐在正面中央的主宾席位上。
不一会儿音乐结束,大家鼓掌。
坐在主桌一端的是新娘的父母河合利彦(55岁)夫妇,近旁的座席上,坐着河合中学时代的同学平山涉(55岁)与他的老伴清子(48岁),以及同是同窗好友的堀江平之助(56岁)等人。

清子　(对平山)怎么没看到三上先生呢?

平山　呃……(对河合)怎么搞的,三上没来?

河合　请帖发了,不过他因事缺席。

平山　怎么回事儿?

司仪　诸位,接下来有请新娘父亲的好友、大和商社的常务董事平山涉先生致贺词。

平山　(对清子)到我了吗?

---

1. 能乐之一,是由日本室町时代初期的能乐演员与剧作家世阿弥所创,常用于婚礼等祝贺场合的小调。

他嘀咕了一声站起来。来宾鼓掌——
新郎新娘也站起身来。

  平山 请坐，请坐下吧——

新郎新娘落座。

  平山 伴子，恭喜你。——（稍微郑重些）嗯，截至目前，大家都说了很多很多祝贺的话，现在也无须我再啰唆了……不过，我早已获悉，新郎新娘相恋已久。偶尔，我也会听到来自新娘伴子的汇报，或者说是一些令人津津乐道的热恋双方间的小事。每当我听到他们热恋的最新消息，哎，就会想起我那白白流逝的青春岁月，不由得感慨万千，真是白活了一把年纪。回首过去，忆及我当年的婚事，实在是枯燥无味，堪称大煞风景呢……呃，虽然我妻子也在这里……嗯，我们那时的情形，其实跟恋爱这种美好的事情完全不沾边儿，只是一味地遵从父母的安排。这一点上，今天的新郎新娘实在太幸福了，令人不胜羡慕啊。嗯，希望你们今后幸福永久，倍

　　　　加努力……不过，也不用多么努力，我殷切期
　　　　望二位更加相亲相爱，不断地汇报最新消息，
　　　　永远当我们的榜样，成为大家羡慕的目标。不
　　　　当之处还请多多海涵。祝福二位。

发言完毕落座。掌声响起——

　　河合　　谢谢！
　　平山　　啊，见笑了——
说完干了一杯。

7　走廊

结婚进行曲静静地流淌着——

8　同天晚上　西银座的小巷

这里有一家专营美味菜肴的"若松"酒馆。

9 "若松"的雅座里

河合、平山、堀江三个人身穿礼服,很随意地围坐在餐桌旁。

堀江　　呃,那是什么时候呢,大概有十七八年了吧。我到山口县去,返程时顺便去了吴港[1]。

平山　　嗯,那时,三上还在吴港吧?

堀江　　在呀。后来他升了舰长。他请我在水交社[2]喝了一夜。各种各样的酒多极了……

河合　　那时可是这家伙的鼎盛期嘛。

堀江　　可不,此后还神气了一两年。(拿起酒壶看向平山)喂,来一杯吧?

平山　　噢,(接受掛酒)三上的闺女也差不多到了出嫁年龄了吧?

河合　　啊,他女儿比我女儿正好小一岁。

堀江　　今天这位姑娘?

河合　　不是,她姐姐。

平山　　可不是吗?

堀江　　(对平山)你家闺女也该结婚了吧?

---

1. 日本地名,广岛县吴市的港湾,是日本港湾法划定的重要港湾。
2. 指战争时期的日本海军军官俱乐部。

平山　嗯,可不是?

河合　看来,咱们这些人大多是女孩儿。

平山　(对堀江)你家可是男孩呢。

堀江　对啊,两个。——那句话怎么说来着?若是男方强势就会生女孩,女方强势则生男孩。果真如此吗?

河合　从前就有"头胎女,二胎男"的说法。这是不是意味着,刚结婚那会儿男人比较强势?

堀江　或许是吧。

平山　(对堀江)照这么说,你家可就奇怪了。

堀江　有什么奇怪?

平山　你家两个都是男孩,这怎么说呀?

堀江　这事儿希望能问问我老婆。由此看来,我这个人出乎意料,徒有其表罢了。

河合　净瞎说。

于是,三个人都笑了。这时老板娘前来问候。

老板娘　啊,欢迎诸位大驾光临,欢迎。——(对堀江)先生,您好久没来了。

堀江　哟,你好。

老板娘　河合先生，恭喜您呀。又赶上这么好的天气……
河合　　是啊，据说傍晚就要起风，多亏老天帮忙啊。
老板娘　不过，往后您可要冷清了，这闺女一旦嫁人……
河合　　哦，已经习惯喽，这都第二回了嘛。
平山　　我说，老板娘你有几个呀？
老板娘　什么几个？老公吗？
平山　　老公姑且不问，说说孩子呗。
老板娘　噢，孩子呀——三个。
河合　　都是男孩吧？
老板娘　嗯，是的。您这么清楚？
平山　　再清楚不过。是吧？
河合　　是啊，果然不假。
堀江　　要不是这样那才奇怪呢。

| 三人哈哈大笑。

老板娘　诸位，有什么不对吗？
河合　　没什么，夸你身体好呢。喂，上酒——
老板娘　好的好的。——总感觉哪里不对劲儿呢。

| 随后便走了出去。三人的笑声回荡着——

10　当晚 平山家 起居间

空无一人。桌子上插着婚礼上带回的鲜花。
传来挂钟的嘀嗒声——

11　套间

│清子在把礼服收进衣橱里。
　这时玄关的门铃响了。
　二女儿久子（17岁）穿过走廊去开门。
　清子也走出房间。

  久子　　您回来啦。

  清子　　回来啦……

  平山　　嗯。

12　起居间

│三个人进来。久子朝厨房走去。

  清子　　婚礼结束后你们又去了哪里？

  平山　　顺路去了若松。

  清子　　河合先生应该马上回家才对，他夫人多孤单啊。

  平山　　怎么没看到节子？

  清子　　她还没——

  平山　　没回来吗？

  清子　　嗯。

  平山　　这么晚了。

│说着脱掉礼服。清子拿来衣架，挂上礼服。

清子　婚礼很是盛大呢。伴子真可爱，她看上去非常开心。——长袖和服就是比西装好看……

平山　嗯。——节子的事儿，你跟她提了吗？

清子　嗯。

平山　她说什么？

清子　不吭声只是笑笑……什么也没说……

平山　也是时候考虑考虑啦。

清子　是啊……不过还早……

平山　也不早啦。对方的人品似乎挺不错的，先订下来不也挺好吗？

清子　（淡淡地）倒也是。

久子端着茶进来。

平山　出身也很高贵哟。据高梨先生说，他爷爷曾经担任过横滨工商会议所的会长呢。

清子　是吗？

平山　相当了不起呀。

久子　姐姐的婚事？

平山　嗯。

久子　家里替她拿主意，这合适吗？

平山　什么？

久子　话说，姐姐有姐姐的主意哟。即便是我也有自己的想法嘛。

彼岸花　019

平山　你能有什么想法?

久子　可是,与一个陌生人相亲,换成是我也会讨厌呢。

平山　讨厌吗?

久子　讨厌哟。

平山　这可就难办了。

久子　难办不办就是咯。我自己也能物色哦。

平山　是吗? 倒也可以。

清子　久子定能物色个好的。

久子　我自己物色。我可是有一大把 boy friend 呢。

清子　哎哟哎哟……

| 玄关的门铃响了。

久子　是姐姐吗?

节子　(画外音)我回来啦——可以关门了吧?

久子　关吧。——(对清子)行吗?

清子　嗯。

| 节子(23岁)进来。

节子　我回来啦。

平山　噢。

清子　怎么这么晚啊?

节子　约了个朋友……

久子　姐姐,有约会?

节子　瞎说什么呀！——妈妈，伴子今天怎么样？

清子　非常漂亮啦。

节子　哦。——（说着把脸靠近桌上的鲜花）真香……

随后走开。

久子　（看着她的背影）没准儿姐姐有了呢。

平山　有什么？

久子　Boy friend.

平山　是吗？或许有吧。

久子　呃，虽然我不太清楚……不挺像那么回事儿嘛？

平山　也许吧。真要有了也就不用操心了。

久子　有也操心，没有也操心……晚安。

说完久子走了出去。

平山　嗯，休息吧。

清子　明天你还要穿礼服吧？

平山　为什么？

清子　你不是说过，明天要参加某个公司的哪位先生的告别仪式吗……

平山　哦，那种场合不必穿礼服，普通西装就行——只是要打黑色领带。

清子　也是，我都被礼服搞蒙了呢。今天贺喜明天奔丧的。

随后站起来走了。

13　丸之内大厦的一角

　过午时分——

14　大和商社的窗户

15　公司的办公室内

　工作中的职员们——

16　走廊

　三上周吉（56岁）由女勤务带着走来。
　女勤务敲了敲常务董事办公室的门。
　听到"进来"的应答声，女勤务打开门。

女勤务　三上先生来了。

17　办公室

| 平山点头以示欢迎。房间里有两张办公桌,现在只有平山一人在。

   平山　嗬!
   三上　啊,我正好路过这附近。——你不忙吗?
   平山　嗯,还好。

| 随后他起身走到待客用的桌旁。

   平山　昨天河合家的婚礼,你怎么没参加?
   三上　唔,真是抱歉啊。
   平山　是有什么事情吗?
   三上　啊,倒没什么……(微微苦笑了一下)实在是……
   平山　究竟怎么啦?
   三上　只是不太想去。
   平山　为什么?发生什么事情了?
   三上　没有——只是不太想看到那么幸福的婚礼……
   平山　为什么?
   三上　因为会想到我女儿……
   平山　哦,昨天我们还提到她呢。姑娘怎么了?
   三上　有谁说她什么话了?

平山　没有，大家都在说谁谁家的姑娘到了该出嫁的年龄之类的话。

三上　已经离家出走了，我家姑娘。

平山　怎么回事儿？

三上　……

平山　什么时候的事儿？

三上　大概有两个多月了吧。

平山　唔。

三上　交往了个男朋友，两人已经同居了。

平山　哦……我不知道这些……

三上　……真是个让人伤脑筋的孩子……不过我也多少有责任的……

平山　是吗？——那她现在怎么样了？

三上　好像住在杉并区那一带的公寓——据说在银座的酒吧工作。你是否知道有家叫"月神"的酒吧——你经常出入那些地方吧？

平山　"月神"……呃，我还真不知道这家酒吧。

三上　我也不能去看看……她在那里究竟干什么啊……怎么办好呢……你顺路的时候能否帮我去看看她呢？

平山　可以，完全没问题。不过，究竟发生了什么？

三上　呃……

｜敲门声响起——

　　平山　进来。

｜女勤务进来。

　　女勤务　京都的佐佐木太太来了……
　　平山　佐佐木？
　　女勤务　是的。
　　平山　（对三上）不好意思，失陪一下——

｜说完他起身走到门口，向外望去——

18　走廊

｜在对面的接待室门口，京都旅馆的女老板佐佐木初（52岁）正向他点头致意。

19　常务董事办公室

｜"嗨"，平山招呼一声就返回了室内。

三上　　那我先告辞啦。你有访客吧?

平山　　不要紧的,你只管坐。

三上　　我还会再来的。打扰你了。

平山　　好吧,那改日再聊。

三上　　好,我改天来。

平山送三上出去。

20　走廊

两个人走到接待室前。

平山　　慢走……

三上　　嗯,打扰你了……

于是三上离去。
平山目送他离开,然后走进接待室。

21　接待室

初从椅子上站起来。

初　　哎呀呀,真是好长时间没来问候您了……

平山　　好久不见了。请坐。

初　好的，谢谢。

平山　什么时候来的?

初　昨天坐"鸽子号"来的，幸子也一块儿来了。

平山　哦。

初　真是好长时间没见了，府上诸位一切都好吧? 久子也长大了吧?

平山　都好。——谢谢你前些日子送来的鲜笋。

初　哎呀，这事说起来怪难为情的，那鲜笋，怕是口感不太好呀。我跟阿松说过要给您送点儿好货，有别于寻常货色。可是真不好意思呀。原本将鲜笋按品质好坏分成两个等级，凡是老主顾都送一份儿，给府上送的那份本应是好的呀，可事后查看菜店送来的账单，不知怎么给搞错了呀，竟然把差的给您送来了。阿松他们还说呢，这下糟了，简直是蠢透了。本想再送一份儿来，可那时已经没笋子了呀，都长成竹子啦。

平山　我可不要竹子。

初　可不是吗? 送竹子来有什么用呀。

平山　这次来是为什么事儿?

初　问我吗?

平山　当然咯。

初　还不是幸子的事情呀。

彼岸花

平山　幸子怎么了？

初　哎，您听我说呀。幸子她呀，我能怎么办呀？这个那个的全是她的理儿，根本不听我的话呀。

平山　什么话？

初　就是提亲呀。

平山　噢。这不是该给你道喜了吗？

初　可是呀，八字还没一撇道什么喜呀？——你知道他吧，那位常去我们那里的筑地医院的大夫——

平山　我不知道呢。

初　每次到京都来开学术会议的时候，总是住我们那儿。

平山　是吗？那可得给他上好的鲜笋。

初　是的呀。您没在我们那里见过他吗？

平山　你想招他做女婿？

初　不是不是。别急，先听我说。那位先生可是个六十多岁的老头子呀。怎么可能把幸子嫁给那样的人呢？那多可怜呀。

平山　那对方到底是谁呀？

初　就是那位先生的学生呢。不过，人家早就是博士了。

平山　那挺了不起的。

初　倒也不是多么了不起。不过他人年轻，心地又善良。前些日子，他住我们旅馆的时候，还请他看过病呢。

平山　给幸子看吗？

初　不是不是。是给我呀。哎，老早以前我不就有慢性病吗？

平山　什么啊，原来是你的慢性病。

初子　哎，您是不是很忙呀？

平山　嗯，倒也没多少闲空儿。

初　是吗？真是对不住了呀。您瞧，我老早以前这儿就……（按着胸口）大概是心脏不好吧……也不知道怎么回事儿，经常会胸口一阵阵发闷，喘不上气来。每当这时我就会想，这下子可要完蛋了呀。所以我就请那位大夫给看了看，他建议我参加短期综合体检。可是做那么多莫名其妙的检查，还不定会怎么样呢。于是我就找牙科大夫看了看，他要给我用那个锃亮的刺啦刺啦作响的东西，要是我一下子上不来气可如何是好呀。结果我什么都没做，喝了杯葡萄酒我就回家了。您说，这要是参加那个令人倒胃

　　　　　的短期综合体检，结果会怎么样……
　平山　（用手制止她说话）喂，暂停！
　　初　欸？干什么？
　平山　我去一下卫生间。
　　初　嗯，您请——呀，我也去一下吧。
　平山　你先等会儿吧。
　　初　好的呀。
| 她刚欠起身又坐了下去。

22　走廊

| 平山刚出来，拿着文件的女事务员正好路过这里。

　　平山　噢，给接待室里送点红茶什么的。
　女事务员　好的。
| 平山径直回到自己的办公室。

23　常务办公室

| 平山坐在办公桌前，心烦意乱地翻看着函件、盖着图章。

24　麻布区　有栖川公园附近的住宅区

│一辆出租车开过来,停下。司机打开车门。
　幸子(26岁)下车。

　　　司机　　需要等着吗?
　　　幸子　　不用了,请回吧。
│然后,她朝平山家走去。

25　平山家　玄关

│幸子进来。

　　　幸子　　打扰了!
│"来啦。"随着应答声,女佣富泽出来。

　　　富泽　　您好。
　　　幸子　　我是京都的佐佐木……
　　　富泽　　好的,请稍候……
│她进了里面。
　不一会儿平山出来。

　　　平山　　哟,欢迎。
　　　幸子　　您好。

彼岸花 033

平山　进来吧。

幸子　好的,谢谢。——太太和小姐们不在家?

平山　这不星期天吗?都上街买东西去了。

幸子　这样啊……

| 平山朝客厅方向走着。

平山　咱们去那边吧,将就点儿。

幸子　好的。

平山　反正你也不是上等客。

幸子　真的呢。鲜笋,也没给府上送好的来。

平山　就是,就是。

| 两人说说笑笑地往起居间方向走去。

26　起居间

| 两人进来。平山坐在自己的坐垫上,然后指着角上的那个坐垫。

平山　啊,用那个垫子吧……

幸子　谢谢……

平山　富泽,请泡壶茶来。点心也没了。

|"好的。"富泽在对面答应了一声。

平山　怎么样?短期综合体检,你妈妈参加了吗?

幸子　啊，总算同意了……让您挂心，实在不好意思……

平山　够你受的吧？

幸子　嗯，从前天就开始闹腾，一个劲儿地说"怎么办，怎么办，干脆不治啦，直接回京都去吧"。我说的话，她是一句也不听呢。

平山　还是要入院检查一下。

幸子　嗯，可是她根本不听劝，于是我就跟她说："妈妈，您得听劝，因为我实在是担心您的身体，您再这么不听劝，咱们就断绝母女关系吧。"这么一来，她就老老实实地参加了呀。

平山　你真厉害呀。

幸子　其实，我也不想说得这么过分，可是我的话她根本不听啊。

平山　（笑了）不过，京都不也有好的医院吗？

幸子　当然啦。这本就是我妈妈玩的小伎俩。

平山　伎俩？

幸子　嗯。

| 富泽端来茶和点心。

富泽　请慢用。

幸子　好，谢谢。

| 幸子突然站起来去到走廊上。富泽离开。

幸子　和京都完全不一样呀，甚至天空的颜色……

平山　什么情况，小伎俩？

幸子　妈妈跟您说过了吧，给我提亲的事情——

平山　啊，就是和医院的那位年轻大夫？

幸子　嗯，我妈妈真正的盘算是这样的：她自己先住上院，然后让我天天去探望她，强迫我和那位先生要好起来——这就是她的阴谋。我早就看透了呢。

平山　那么，对那位大夫，你是怎么想的？

幸子　我什么想法都没有。

| 她边说边回到里边来。

平山　那你妈妈岂不是很可怜吗？连综合体检那种地方都能去。

幸子　不过，总可以养养身体吧。

平山　说的也是。——可你是怎么打算的？

幸子　我明天去买买东西，然后坐夜行车回去。

平山　把妈妈扔这儿不管了？

幸子　嗯。

平山　有点儿过分哦。

幸子　可是，不这样治她一次，她还会没完没了，不知道给我物色来多少莫名其妙的候补对象。那个人如何呀，这个人怎样啊，烦都烦死了，简直受不了。

平山　倒也是……

幸子　这可是我妈妈的低级趣味呢。而且，阿松一个人待在京都我也放心不下……

平山　哦，那什么，你有没有喜欢的人呢？

幸子　那倒没有。

平山　既然没有，那她也没办法勉强你结婚啊。

幸子　说得也是。

平山　就是呢。"还以为结婚是黄金呢，到头来不过是黄铜"，老话不是这么说的吗？

幸子　是吗？只是黄铜呀。

平山　就是呢。算啦算啦，结婚会很无聊的。——要是适龄的姑娘都结婚了，这世上将变得多么冷清啊。偶尔有个例外不也挺好的吗？

幸子　没有给节子提亲的吗？

平山　也不是没有呢。话说，像你这样的漂亮姑娘，可不能嫁给一个古怪变态的家伙哦。那就太可惜了。

幸子　（转变话题）大家什么时候回来呀？

平山　噢，她们倒没说啥时回来。——不过，如果有必要，明天节子下班回来，我会打发她去你那儿的。

幸子　好呀，请她一定来。——我想节子了，想见她……（忽然目光转向院子）天气真好呀……

平山　哦……

27　筑地 圣路加医院[1] 远景

天气非常晴朗。

28　医院走廊

被推着的病人,等等——

29　室内

初从床上坐起来,正服硫酸钡。

  初　（喝了一口,皱着眉头）没味呀。这是什么药啊?
  护士　是硫酸钡。
  初　欸,喝这个做什么用呢？——这个,要都喝光吗?
  护士　是的。
  初　不好喝呀。——我家孩子还没过来?
  护士　是小姐吗?
  初　嗯。

---

1. 位于东京筑地的大型综合医院,也是东京市中心最有名的医院之一。创立于1901年,学校法人是圣路加国际大学。

护士　还没过来。

初　她干什么去啦？都这么晚了呀……昨天早上也只露了一下脸。

│随后她皱着眉头喝硫酸钡。

30　从筑地的旅店看到的圣路加医院

│傍晚时分——

31　筑地的旅店

│幸子与下班归来的节子站在走廊上，面向院子谈话。

幸子　（指了指）我妈妈住到那里去了哟。

节子　哦。——那么，幸子，你见到那位大夫了？

幸子　嗯，见了一面……

│随后两个人边往屋里走边交谈——

节子　他人怎么样？

幸子　怎样都无所谓。那只是我妈妈一厢情愿。真是折磨人呀。节子，你怎么样呢？

节子　哪方面？

幸子　我听伯父说，要给你提亲呢。

节子　噢，没什么。这事也只是爸爸一个人的决定呢。

幸子　是吗？真是不称心呢。但愿适可而止吧。

节子　伯母依旧那么絮叨？

幸子　可不是？三句话不到就提这事儿呀。前几天和妈妈一块儿步行去河原街，迎面走来一个穿晚礼服围着白色丝绸围巾的人。于是妈妈就问我，你看那个时髦的小伙子怎样呀？待那人走过去，回头一看，他背上还贴着夜总会的广告呢，竟然是拉客的呀。

节子笑嘻嘻地听着。

幸子　我一到这里来，就羡慕节子你呀。伯父伯母和我妈不一样，他们都很明事理，善解人意……

节子　话说回来，到底怎样，事到临头才能见分晓呢。

幸子　他们才不会这样，云泥之别呢。说起我妈，她简直是太过分了。无论说什么话，究竟想表达什么，谈话的中心她都找不到，就是一个劲儿地、堂而皇之地兜圈子呀。

节子　不过，伯母说话很有意思呢。

幸子　有意思过头了。请站在我的立场想想。——我说，节子，咱俩结成同盟吧。

节子　什么？怎么同盟——？

幸子　这样，若是我妈妈强迫我，希望你能出手相助。同样，你有情况我也会帮助你。

节子　（笑起来）好啊，没问题。

幸子　求你啦，拜托了。——那咱们拉钩。

节子也伸出手跟她拉钩盟誓。

幸子　永远永远不许变，砰。

节子　你咕咕哝哝些什么？

幸子　银簪子十三根，破蜘蛛网有三个，三座粮仓三座房[1]——都这么说呀。

节子　是吗？那来吧——

接着又拉钩。

两个人　永远永远不许变，砰——

幸子　谢谢。

---

[1] 拉钩时说的咒语之类的话。

32　有栖川公园附近的住宅区

| 一辆出租车驶来。停在平山家门前。
　司机下车打开车门。
　初下车。

　　　　司机　需要等吗?
　　　　初　　请回去吧……

33　玄关

| 初走进玄关。

　　　　初　　打扰了。
| "来了",传来一声应答,不一会儿清子出来。

　　　　初　　哎呀呀,是夫人哪,好长时间没见……
　　　　清子　欢迎光临,快请进,请吧。
　　　　初　　啊,打扰您合适吗? 怕是您很忙吧?
　　　　清子　没关系,不忙的。快请进。
　　　　初　　哎,谢谢。打扰您了。

34　起居间

| 清子领着初进来。

清子　（取过角落里的坐垫）请坐这个。
初　好的，谢谢。
| 然后清子沿着走廊直接出去了。
富泽端茶进来。

富泽　欢迎光临。
初　呀，您好。打扰了。
| 富泽寒暄着递上茶，随后便要出去。

初　（拿出随身携带的礼品）一点儿东西，不成敬意，请……
富泽　多谢。那我收下了。
初　不是给您的，请交给夫人。
富泽　哦，知道啦。
| 说完拿着礼品出去了。
初喝着茶，然后清子回来。

清子　不好意思……
初　您是不是有什么事儿呀？
清子　倒没有，我想您肯定还是说来话长，所以我先上了趟卫生间。

初　　这倒也是，哈哈哈哈……（初笑了起来，忽然表情严肃，欠着身子）呀，说点儿正事。——那个，久子上学去了？

清子　对，节子在上班——

初　　两个孩子都很听话，真羡慕你呀。幸子把我丢在这里，自己拍拍屁股回京都了。

清子　竟有这回事儿啊。——你的综合体检怎么样啊？

初　　哎，那事情呀。——太太，你听我说呀。还真是吓人呢。把手脚连上电线，通上电。也不知道是什么，像蓝墨水一样的东西，往这里（指着手腕）注射……你是不知道呀，太太，注射了那蓝墨水后，连尿液都变成蓝色的。可怕，太可怕了。

清子　是吗？

初　　不光这些呢。还用这样的杯子，里面装着稠乎乎的刷墙用的白石灰浆似的东西，让我喝下去。没味道，什么味道都没有。所以没待上三天我就出院了。

清子　那你是检查了一半就跑出来的？

初　　嗯，不能什么都勉强自己，这儿那儿到处查找身体不好的地方，是不是呀。——那种地方，我实在是待不下去啦。

清子　那你心脏已经没事儿了？

初　　所以说啊，太太，那位大夫还是挺有本事的呢。——他说我哪儿哪儿都没毛病，只是神经衰弱。可当我跟他说这儿真的发闷，很难受，他就说什么神经衰弱啦，心理作用啦，不接我的茬呢。竟然有这种事嘛。

清子　是吗？不过这不挺好的吗？什么毛病也没有。

初　　我还真是蠢呀。我都不知道自己为什么跑到东京来呢。

清子　也挺好的呀。至少好好检查了一下。

初　　那倒也是。

清子　对了，那位焦点人物，年轻大夫怎样了呢？

初　　太太，刚才说的那位就是他呀。

清子　什么？

初　　那个注射墨水的人——我再三央求他不要给我注射啦。可他说得检查肝脏。虽然我一再说不要不要，他还是强行翻开这儿给我扎针。——心肠那么狠的一个人……所以我立刻就不喜欢他了呀。

清子　哦，好不容易找这么个女婿人选呀……

初　　哎，再另找一个呗。还请夫人也帮着留意呀。

清子　行，如果遇到合适的。

初　　真是辛苦呢。我一人操碎了心，却惹得幸子烦我，撇下我不管了呢，真是儿女不知父母心呀。

清子　我们家也是如此，家家有本难念的经哦。

初　是吗？不过幸子比节子大三岁呀，必须抓紧定亲啦。

清子　会有的。幸子既稳重又漂亮……

初　或许会吧。

清子　会的。

初　也是啊。对了，您觉得那个人怎么样？要找总会有的。

清子　是干什么的，你说的那个人？

初　呃，还是和医生有关的，不过这位不是医生。

清子　那是做什么的？

初　是开药房的。在大阪道修町……是他们家的二儿子呀，比幸子大四岁，还是五岁来着，虽说年纪稍微大了点儿，可是大阪大学毕业的……啊，没准儿那个人合适呢。

清子　您女婿人选还挺多的嘛。

初　哪里呀……啊，那位还真不错。太太，您听我说呀。那个人吧——啊，请稍等一下——我去下卫生间就来。

清子　请吧。

初　哎，太太，不知您忙不忙啊？

她也不等清子回答，就沿着走廊去向卫生间。

35　卫生间外的走廊

初走了过来,她忽然看到对面墙旁倒立着一把笤帚。
　　她拿起笤帚挂到墙上的钉子上,然后进了卫生间。

36 箱根 芦湖湖畔[1]

| 从湖上可以远眺富士山。

37 道路两旁的杉树

| 平山和清子坐在湖畔的长椅上。

38 湖畔

| 清子从长椅上站起来,朝着远处招手。
　湖中的小船上,节子和久子也挥手相应。

　　清子　别走得太远了,危险呢!
| "放心吧!"久子的声音传来。

　　清子　(坐回长椅上,面带喜色)这么好的天气难得啊。
　　　　　咱们有多少年没来这里玩了呢?
　　平山　嗯,天气真不赖呢。——(看了看手表)我去
　　　　　转一圈吧?
　　清子　做什么?打高尔夫吗?

---

1. 箱根位于神奈川县西南部,是日本的温泉之乡、疗养胜地。箱根芦湖为火山湖,湖水中倒映着富士山的雄姿,为箱根一景。

彼岸花 051

平山　嗯。

清子　今天不打好不好？全家出动一起来这里，也许今天就是最后一次了呢，节子很快要结婚嫁人……

平山　是吗……倒也是……不过，这孩子出嫁之前，咱们还会去哪里游玩吧？

清子　可是，你那么忙……

平山　唔……你说，她一声不吭只是笑眯眯地听着，在想什么呢？

清子　谁？节子吗？

平山　嗯。

清子　换作我也会那样……

平山　时代早变了，不是你那会儿呢。进一步跟她谈谈，怎么样？

清子　嗯，好的。放心吧。

平山　嗯。——（仰望天空）啊，神清气爽啊。

清子　我说……

平山　什么？

清子　有时我会想起战争那会儿，每当敌机来袭，大家都慌忙往防空洞里跑。那时节子还刚上小学，久子刚会走路，咱们一家四口要是死在那漆黑的防空洞中，不就永远在一起了，我们当时不也这么想过吗？

平山　嗯，当时是这样的。

清子　尽管很讨厌战争，可有时我忽然就会怀念那时的情形呢。你有没有想过？

平山　没有。我最厌恶那个时候。不仅物资匮乏，那些混账家伙还不可一世地到处逞威风。

清子　不过，我觉得还好……像那样一家四口在一起的日子一去不复返了……

平山　什么话……是抱怨近些日子我经常晚回家吧？

清子　倒也不是，不过一家四口很少能凑齐了吃顿晚饭，不是吗？

平山　那是因为我的工作越来越忙了。但另一方面，生活不是舒服了很多吗？

清子　可是，跟从前那样……

平山　跟从前哪样，什么？

清子　没啥，算了吧。

随后她起身走开，向着湖上的小船挥手。平山也站起来走到清子身边，一起挥手。

节子和久子也在远处的小船上挥舞着手臂。

开心地挥着手的清子和平山——

39　晴朗的天空

林立的杉树头顶着万里晴空——

40　大和商社的常务董事室

| 平山和另一个常务董事曾我良造（52岁）边办公边交谈。

  曾我 昨天我可是狼狈透顶，在七号沙洼地那儿，怎么都上不来啦。
  平山 噢，球一旦落到那里可就麻烦了……昨天是我们的家庭日，我去了趟箱根。
  曾我 能顺利通过就好了。箱根一行怎么样？
  平山 啊，我服务得很到位哟。
  曾我 是吗？偶尔玩玩也不错啊。
  平山 嗯……

| 然后曾我要出去，与进来的女勤务擦肩而过。

  曾我 有事儿？
  女勤务 不，不是找您……

| 曾我走了，女勤务走近平山。

  女勤务 （递上名片）这位先生想见您……
  平山 哦。——就在这儿吧。带他过来。
  女勤务 好的。

| 说完出去了。
 不一会儿传来敲门声。

平山　　请进。

| 谷口正彦（32岁）进来。

平山　　噢，请坐。
谷口　　初次见面，我叫谷口。
平山　　哦，我是平山……（说着又拿起名片看了看）日东化成啊，我姑娘也在这家公司，多蒙关照……
谷口　　这个……
平山　　怎么……有事儿吗？
谷口　　这个……我就直说吧，我想娶您的女儿……
平山　　……什么意思？
谷口　　恳请您允许我们结婚……
平山　　跟你？
谷口　　是的。
平山　　节子知道吗？
谷口　　是的，她知道的。——这种事情，按道理讲应该请一位中间人出面向您求亲，可是因为时间紧迫……
平山　　时间——？
谷口　　……实际上，因为突然要调动工作，我想在调走之前先征得您的同意……
平山　　你说，没头没脑地听你说这么一通……

谷口　啊，实在抱歉。

平山　我不可能马上回答你。

谷口　……

平山　我总得先问过闺女……

谷口　是……

平山　今天你先回去吧。

谷口　是，拜托您了。

说完要走。
这时随着敲门声，职员近藤庄太郎（29岁）捧着文件进来。

近藤　（见到谷口很兴奋）呀，你好。

谷口　你好。

谷口向他点点头就出去了。

近藤　（目送他离开，然后走近平山）希尔公司的估价单来了。

平山　噢，放这儿吧。

近藤　是。

他放下文件出去。
平山一动不动陷入沉思——

41　当天晚上　平山家走廊

| 挂钟嘀嗒嘀嗒地走着。

42　起居间

七点半左右——
平山和清子静静地想着心事。

   平山　（嘟囔一句）你就没听到半点风声？
   清子　嗯，丝毫没有……这种事，真是闻所未闻。
   平山　麻烦了……

话题就此中断。
玄关的铃声响起——
两个人忽地抬起头，继而又垂下目光。
节子现身。

   节子　我回来啦——

她打了招呼就要走。

   平山　喂。
   节子　什么事儿？
   平山　过来一下。

节子过来。

   平山　坐。
   节子　干吗呀？
   平山　你认识一个叫谷口的男子？

节子　（略显不安）嗯……

平山　今天，他到我公司去了。

节子　（面呈意外之色）——？

平山　这事你知道吗？

节子　不知道……

平山　他说想要和你结婚。

节子　……

平山　你们是怎么结识的？

节子　——在公司里……

平山　从什么时候开始的？

节子　……

平山　你也想跟他结婚吗？

节子　……

平山　是不是这样？

节子　嗯，我是这么想的。

平山　那，为什么到现在还一声不吭？

节子　……

平山　为什么不和爸爸妈妈商量一下？

节子　……

平山　我们正为你的婚事操心，你不会不知道吧？

节子　……

平山　那好吧。——这事我不同意。

节子　（突然抬起头）我——

平山　什么？

节子　自己的幸福自己寻找难道有错吗？

平山　呃？

清子　（忧心忡忡地）节子……

节子　我就是要自己的幸福自己找。

丢下这句话节子出去了。
清子立刻起身追出去。

43　玄关

节子走过来，穿上鞋。
清子追过来。

清子　节子，你要去哪儿？

节子　出去走走就回。

说完她头也不回地走了。
清子目送着她的背影，然后把门关上。

44　当天夜里　目黑区附近的某公寓

公寓的外景——

45　公寓二楼的走廊

能听到婴儿的哭声。
节子走来。
她敲了敲一间屋子的门,推门而入。

46　谷口的屋子

| 谷口在换衣服。

> 谷口　　哟——
> 节子　　……
> 谷口　　怎么啦？快上来呀。

| 节子默默地进入房间。

> 节子　　你为什么不跟我说一声就到爸爸那儿去啦？
> 谷口　　这个啊……
> 节子　　为什么不对我说一声呢？
> 谷口　　我觉得还是不说为好。
> 节子　　为什么？
> 谷口　　我不想让你过多地担心。
> 节子　　担心什么？我之前不是说过了吗？先跟妈妈讲，再由妈妈找机会跟爸爸说。
> 谷口　　是啊，我也那么想的。不过，结果还不是一样嘛。
> 节子　　为什么？
> 谷口　　不管是通过妈妈间接说，还是由我直接去说，好事总归是好事，坏事总归是坏事。既然如此，索性我直接去讲，我想会更快一些得出结论呢。我就要调去广岛工作，这事你也听说了吧？

节子　嗯，我知道的。

谷口　所以我才急急忙忙地去拜访你父亲呢。

节子　那么，如果爸爸说不行呢？

谷口　我已拿定主意。你呢？

节子　那种事情……（眼泪汪汪地）我又不能离开你。

谷口　哦。听了你这话我也就放心了。那就这样。这么做不也挺好的吗？

| 节子忽然掩面而泣。

谷口　好啦好啦，别哭啦。……不早了，你该回去了。我送你吧。走，我送你。

| 节子点点头，边擦眼泪边站起来。
谷口从挂着的衣服口袋里掏出小钱包和钥匙，拥着节子的肩膀走了出去。

47　夜路

| 走着的两个人——

48　当夜　平山家　走廊

| 挂钟发出嘀嗒嘀嗒的声响——

49　同上　起居间

| 清子一个人，呆呆地沉思。
　久子穿过中间的走廊，跟她打了声招呼。

  久子　晚安——

  清子　嗯，晚安——

| 她应答一声，然后继续沉思。
　这时，玄关的铃声响起——
　清子急忙起身。

50　玄关

| 谷口送节子到大门口，节子进门。

  谷口　（站在玄关外）我回去了——
  节子　谢谢。

| 谷口正要回去，清子出来了。

谷口　（颔首施礼）我来送她回家。

清子　多谢……

谷口　告辞了。

说完走了。节子目送他，然后关上门，锁上。
清子返回起居间。

51　起居间

清子进来，迎面碰上穿着睡衣的平山。

平山　回来啦？

清子　嗯。

平山　（喊道）节子！

节子应声而入。

节子　（冷冰冰地）做什么？

清子　坐坐吧。

平山　你刚去哪儿了？

节子　……

平山　你到底怎么想的？你不觉得自己太轻率了吗？

节子　……

彼岸花

平山　也不跟父母商量，就擅自决定，你认为这样合适吗？你以为你做的事情就一定是正确的吗？——你是怎么想的？不吱声那就是不明白了？

清子　哎，你好好跟她说嘛……

平山　没跟你说话。——你怎么想的，节子？爸爸是为你的将来考虑，不想你有一个不幸的婚姻。我不能眼睁睁地看着你陷于不幸而默不作声。谷口那个男人，你了解他吗？

节子　了解的。

平山　作为结婚人选他是否合适，这你想过没有？

节子　我想过。他或许不是爸爸期望的那种高门大户世家子弟，不过，我并不认为将来便会因此陷于不幸。

平山　爸爸可不能这么想啊。

节子　那只是爸爸的见解。

清子　（看不下去了）节子——

节子　（对平山）我跟爸爸不一样。我有我自己的想法。

平山　你是怎么想的？说说看。

节子　只怕说了您也未必理解。

平山　什么！

清子　节子！

节子　妈妈！（转向清子）爸爸妈妈从一开始就很幸福呢。或许我们不能过上如爸爸所想的那般优裕的生活，但过不上也不要紧，我并不认为这就是不幸。我们的事情我们自己负责。决不给爸爸妈妈添麻烦。

清子　可是，节子啊——

节子　好啦！都别说啦！

说着节子掩面而泣。

清子　可是，节子啊，尽管你这么说，可那是因为你还年轻，然而今后的日子长着呢，还会遇到各种各样的问题。不管你们彼此有多么喜欢，那也只是眼前的千好万好，将来会怎样谁又能未卜先知呢？不考虑长远可是不行的呀。你方才说我们一开始就是幸福的，但不论是爸爸还是我，感受到的也不全是幸福时光呢，我们也曾有过非常辛苦的日子。所以，爸爸才会担心。你可得考虑清楚了，对吧？你明白吧，啊？

节子　……

平山　算啦。别管她了。总之我不同意。年轻女孩到了外边就不学好，在家待两三天吧，冷静下来好好想想。

节子　我还得上班呢。

平山　得啦，得啦，还上什么班！别去了。

清子　哎，今天就到这里，都休息去吧。

| 节子无精打采地站起来，出去了。

平山　真是不省心啊……

清子　不过话说回来……

平山　——？

清子　谷口那个人，倒还算顺眼呢。

平山　你什么时候见过他？

清子　刚才，他送节子回来……

平山　这种事儿，看一眼就能了解？！不负责任的话就不要说！总之我不同意！

| 吐出这些话，平山闷闷不乐地返回寝室。
　望着他的背影，清子又陷入了沉思。

52　大和商社常务董事室

| 平山坐在办公桌前,呆呆地思考。

53　走廊

| 近藤走来。他整了整衣衫,敲敲常务办公室的门,然后进去。

54　常务办公室

| 平山看着他进来。

  近藤　　您叫我?
  平山　　啊,到这边来吧。
  近藤　　是。
| 他走到平山身旁,默默地鞠躬施礼。

  平山　　有件事……
  近藤　　嗯?
  平山　　你忙不忙啊?
  近藤　　不忙。
  平山　　闲着没事儿?
  近藤　　啊……也不是。

平山　我觉得也不可能闲着嘛，不过我有件事想跟你打听一下。

近藤　啊，是什么事儿？

平山　昨天到这里来的那个谷口，你知道他的底细吗？

近藤　知道。他是我的学长。

平山　是吗？

近藤　他比我高两届，曾是篮球队员。

平山　噢。还有呢？

近藤　嗯？

平山　就知道这些？

近藤　有一年夏天我俩曾一起打过工。

平山　打工，在哪儿？

近藤　箱崎的仓库。因为他会骑摩托车。

平山　是吗？

| 敲门声传来——

平山　请进。

| 女勤务出现在门口。

女勤务　三上先生来了……

平山　噢，请他过来吧。

女勤务　好的。

平山　（对近藤说）先这样吧，我们以后再聊……

近藤　是。

平山　辛苦了。

近藤　我告辞了。

| 近藤鞠了一躬出去。三上与其擦肩而过进来。

三上　不好意思又来打扰你了……

平山　哪里……

| 说着站起来，走到待客用的桌旁。

三上　总这么随随便便过来找你，实在抱歉，不过，那件事情怎么样，替我去看过没有？"月神"酒吧。

平山　啊，这几天忙得晕头转向，还没顾得上去……

三上　哦。——倒不是特别着急，不过老觉得放心不下。

平山　明白，那今天晚上我抓紧去看看。

三上　好啊，谢谢你了。

平山　不必客气，咱们彼此彼此，都为孩子的事情头疼。

三上　这就是所谓的糊涂爹妈吧，当真没法子呢。

平山　唔。

三上　净摊上些荒唐事。

平山　唔。

| 接下来两个人都不再开口，沉浸在各自的感慨之中。

55　当天晚上　"月神"酒吧

│酒吧的招牌——

56　同上　店内

│并不怎么高级的酒吧。有两个女招待（A和明美），以及顾客两三人——
　平山带着近藤进来。

　女招待A　欢迎光临。——好久没过来啦，阿近。
│近藤有些难为情，偷偷地用眼神和手势制止她。

　女招待A　怎么啦？
│近藤更加为难，打手势制止她。

　　平山　（走到柜台边，对近藤说）坐这儿吧。
　　近藤　是……
│于是，两个人在柜台前坐下。

　　调酒师　欢迎惠顾。给您来点儿什么？
　　平山　来杯加冰的苏打威士忌吧。
　　调酒师　好的。近藤先生喝点什么？
│近藤还是偷偷地摆摆手。

平山 （对近藤）一样的行吗？

近藤 好的。

平山 （对调酒师）两杯。——（然后对近藤）这里你很熟吧，"月神"哟。

近藤 啊，并不怎么……

平山 看上去不是很熟络吗？

近藤 是。

平山 早说不就得了。你又何必跟我一起费劲儿地寻找呢？

近藤 唉，真对不起。——那个，我还以为不是这里呢。

平山 那是哪儿？你倒说说看，这附近同一名字的酒吧料想也没几家吧。

近藤 您说的是。实在抱歉。

平山 （对女招待明美）喂，你们这里有个叫文子的吗？她姓三上。

明美 哦，你说的是薰吧？她出去了，很快就回来。

随后她拿来了两杯加冰苏打威士忌。
"让您久等了——"

平山 哦。

明美 喂，阿近（递给近藤一杯），这么老实啊，怎么了？

说完便朝对面走去。

平山 喝吧。

近藤　好的，那就不客气了。

平山　谷口那个人怎么样?

近藤　比我高两届，篮球队员……

平山　这些已经听你说过了。

近藤　噢。——他是前锋，切入投篮、单手投球什么的，都非常灵敏。

平山　啊，我是问他的为人。

近藤　什么?

平山　秉性人品——

近藤　他是个好人。

平山　怎么个好法?

近藤　这个嘛，我也不是十分清楚，但感觉很好。

平山　你们一块儿去打过工，情况怎样呢?

近藤　哦，他是事务方面的，我负责送货。

平山　看来，你对他也不是很了解呢。

近藤　是的。

平山　那，一开始你就该说明白呀。

近藤　是，真对不起。

门开了，女招待文子（三上的女儿，24岁）回来了。

明美　（对平山）哎，薰回来了。

文子　怎么了?

平山　（站起来走近文子）是文子吧?

文子　（面带疑惑）是啊。

平山　（坐在她旁边的座位上）不记得我啦？我是平山，是你父亲的朋友——

文子　噢——

平山　坐下吧。

文子在跟前的椅子上落座。

平山　即使在半路上遇见也认不出了呢。太长时间没见啦……

文子　是啊……

平山　你还好吗？

文子　嗯。——我在这里的事，您是听我爸爸说的吧？

平山　嗯。——我想知道发生了什么事情。

文子　呃……若是与我有关的，还是希望您不要插手……

平山　那怎么能行呢？找个地方咱们好好聊聊吧，怎么样？

文子　聊什么？

平山　随便聊聊，不必担心。去哪里好呢？

文子　现在还不行……

平山　那好吧，等你收工后再去好了。可以吧？

文子　……

柜台处——

明美　阿近，怎么这么没精神啊？

近藤轻轻招招手。

近藤　（待明美靠近他低声道）不要总是阿近、阿近地叫啦。（悄悄指指平山方向）那位可是董事呀，董事——

明美　（压低声音）明白了，那你就放心地喝吧。

近藤　（小声地）那也不行呢。

明美　（小声地）怎么样，再来一杯？

近藤　（小声地）今天就不喝了。你去那边吧，离我远点儿。

明美　（离开他，一贯的口吻）哼，没出息！

近藤　（回过头依然低声道）说的什么话呀！混蛋，你给我等着！

然后继续一个人缩着肩膀乖乖地等候昑咐。

57　同一天深夜　有乐町站前小吃店

这是一家主营小锅什锦饭、关东煮、中华荞麦面等吃食的小吃店，店内吧台周围杂乱不堪。

店内一角，平山与文子相向而坐，两人正在交谈。文子已吃完饭，平山还在喝啤酒。文子给他斟上。

平山　谢谢。——是吗？你总是这个时间下班回家吧？他也是吗……

文子　嗯……他应该很快就过来了。我们总是一块儿回去……

平山　听说他在夜总会乐队做事儿？

文子　是的。是弹钢琴的。不过他的专业是音乐理论……

平山　噢。——那么，你是怎么看你父亲的？

文子　爸爸嘛——我觉得对不起他。可他真的顽固不化。

平山　顽固不化？

文子　不可理喻。太过分了。

平山　怎么算过分……

文子　他丝毫不理会我的想法。他只认为自己的想法才是正确的。

平山　这样啊。真是这样吗？

文子　就是呢。无论什么事，只要不按他的想法来，爸爸就不高兴。

平山　或许也不尽然吧。

文子　不，就是那样。

平山　可那不正是因为你爸爸担心你吗？

文子　不需要他为我担心。

平山　那是不可能的。——那你怎样，觉得幸福吗？

文子　我自己吗?

平山　嗯。

文子　幸福啊。我一点儿也没觉得不幸。

平山　哦。

文子　(忽然看向门口)啊,他来了。

说着起身迎了过去。
于是她和进来的长沼一郎(28岁)站着说了几句。
这是个仪容整洁、干净利落的青年。
平山望着他们,悄悄地用纸包了几张钞票。
文子和长沼走来。

文子　(对平山)他是……

长沼　(鞠了一躬)初次见面,请多多关照,我叫长沼。

平山　呀,请多关照……

文子　哎,已经很晚了,该回去了……

平山　是啊,都这么晚了……

文子　那再见——

长沼　告辞了。

平山　喂,稍等一下……

文子　欸?

平山　(掏出纸包)一点儿心意,几个零花钱,拿着……

文子　啊,不用了。不能收您的钱……

平山　拿着吧,不要客气哦。

文子　不,不用的。我告辞了。

文子没有接受，和长沼一起回去了。
平山望着他们出去，拿过桌上的啤酒瓶往杯子里倒酒。瓶中的酒几近清空。

58 当天夜里 平山家走廊

挂钟的嘀嗒声——

59 玄关

门开了，平山归来。随后锁上门。
清子出来。

  清子 回来啦。
  平山 嗯。

他脱鞋进入房间。

60 起居间

两个人进来。
平山脱掉上衣，盘腿而坐。

  清子 今天去哪儿了？

平山　去看了看三上的闺女。

清子　噢，文子啊。她怎么样?

平山　打点零工勉强度日吧，事情有些麻烦呢……节子，她今天没去上班吧?

清子　嗯。——可是，这也不是个办法啊。

平山　那，暂时别管她……也许过几天就省悟了呢。

说完解开领带。

这时节子穿着睡衣进来。

清子　还没睡啊?

节子　嗯，睡不着。

说完，她拿起碗柜上的药就要回屋去。

平山　等一下，节子——

节子　（站住）……

平山　你……

节子　什么?

平山　你和那个男人不会发生关系了吧?

节子微微冷笑了一下，要往外走。

平山　喂!

节子　（冷冰冰地）爸爸，您再多信任女儿一些吧。何况他也不是您说的那种人。

节子说完转身走开。

平山盯着她出去，然后站起来去到隔壁房间，脱掉衬衫。
清子也过来帮忙。

  平山 总之，让她考虑清楚。——先不必去公司上班，歇多久都没关系。

清子一声不吭地整理衣物。

  平山 让她辞职回家也行。

清子继续默默地整理衣物。

  平山 你也要盯紧，不许让她出去。一句话，我绝不允许她有不检点的行径。更不用说跟那个人结婚。记住了吧？——喂，睡衣……

清子默默地递过睡衣。
平山一个人在房间内烦躁不安地走来走去。
站住思考一阵儿，继而又走来走去。

61　银座附近

夜幕降临，霓虹灯开始缤纷闪烁。

62　"月神"酒吧所在的巷子

下班的近藤走来。
然后他进入"月神"酒吧。

63 　酒吧里面

| 调酒师率先欢迎他的到来。

调酒师　欢迎光临。

| 还没有客人，女招待也只有明美和文子两个人。

明美和文子　欢迎光临。
近藤　哦。

| 应了一声他便坐到柜台前。

明美　阿近，最近老实多啦。
近藤　混账，真是不通人情。
明美　你出汗了？
近藤　这几天真热。打开冷气，冷气！
调酒师　近藤先生，喝点儿什么？
近藤　苏打威士忌……兑水的。
调酒师　跟上次一样的吗？
近藤　不要那么贵的。要寻常的、普通的、国产的、便宜的。(对明美)懂了？
明美　噢。要是和董事一起来，那就喝贵的啊。
近藤　胡说八道，哪里会来第二次？一次就够了。——(回过头)喂，薰，你父亲是叫三上吧？怎么会认识我们董事呢？

文子　他们是中学时代的好友。

近藤　那他做什么工作?

文子　在印刷公司——

近藤　是吗? 他昨天到过我们董事那里。

文子　哦,他说什么了?

近藤　他貌似谈得很起劲呢,董事盖完图章我就立马出来了。

调酒师　(端来威士忌)请,让您久等了——

近藤　噢。(喝起来)啊,好爽,好爽啊。好爽好爽。虽说是便宜货,可花自己的钱喝起来就是对味。喂,来盘花生米吧。花生米——

明美　阿近,今天很精神嘛。

近藤　那是自然咯。上次是个例外。喂,怎么还不上花生米,别小气巴拉的!

明美　你这么逞威风,当心董事说到就到哟。

近藤　别吓唬人啦,他应该不会再来了吧。没事来你们这破地方干吗? ——花生米,花生米——

门开了,平山走了进来。

然而,近藤背着门没有看见。

明美　欢迎光临。

文子　欢迎光临,上次——

明美端着花生过来,捅了捅近藤提醒他注意。

近藤看到平山,吃了一惊,赶忙站起来。

近藤　您来啦。
平山　呀,你在这里呢。
近藤　是。
平山　你倒是轻车熟路啊。
近藤　是,啊也不是……
平山　(对着文子)昨天你父亲来找过我,说你住的公寓和这里的地址他都不知道,所以托我今天来,把这个转交给你。

说着从衣袋里掏出信递过去。
文子一声不响地接过来。

平山　你父亲想见见你,行吗?
文子　即便见了也没什么意思。
平山　哦。——你还是好好想想吧。再见。

文子默默地鞠了一躬。

平山　(朝向其他人)再见。

说完便走了。
近藤依然杵在那里。

明美　可以坐下来啦,阿近。
近藤　(坐下来)啊,吓我一跳……正口无遮拦的时候偏巧他来了……（喝了一口威士忌）瞧，原本美味的酒也难以下咽了。

说着抓起花生米一个一个地往嘴里抛。

64　丸之内大厦附近

晴朗的天空——

65　大和商社的大楼

明媚的阳光照着大楼的窗户。

66　办公室

工作中的职员们——
　　近藤一边办公一边叼上一支烟，他用打火机打火，可怎么也打不着。

　　　　近藤　（对旁边的男同事A说）喂，火柴借我用用。
男同事A把火柴丢给他。

近藤　（看到火柴上的广告）你到"月神"酒吧去了？

A　　嗯，昨天晚上。

近藤　别去那里啦。（擦着火柴）最近董事常去那里呢。

A　　你碰上过？

近藤　可不是？（燃着的火柴眼看烧着指尖）烫死我了！

67　走廊

能听到打字机打字的声音——

68　常务董事办公室

平山一个人在看文件。
电话铃响，他拿起听筒。

平山　喂，喂，噢，佐佐木？给我接过来——哦，是幸子呀。你来得很频繁啊，什么时间到的？——呃？有事相谈？跟我？什么事儿？——嗯——嗯。那下班之后我顺便过去。还在老地方吧？啊——啊——知道了。再见。

他放下话筒，又继续看函件。

69　筑地 从旅店看到的圣路加医院

| 傍晚——

70　筑地的旅店

| 幸子坐在走廊的椅子上发呆。
　女服务员进来。

女服务员　您约的客人到了。

| 幸子回到室内。
　平山进来。

平山　哟。

幸子　（无精打采地）实在对不起。

平山　出什么事儿了？突然之间——

幸子　（垂头丧气地）唉……

平山　是你母亲又打什么主意啦？

幸子　嗯……就是她呀。

完全打不起精神。

平山　怎么回事儿？

幸子　呃……（低下头）我真受不了啦。

平山　到底什么情况？

幸子　（依然低着头）……

平山　难道吵架了？

幸子　……

平山　到底怎么了？倒是说说看。

幸子　妈妈，也太过分了。——所以，我就跑出来了……

平山　跑出来……什么意思？

幸子　是贸然出走的……

平山　没跟妈妈说？

幸子　嗯。

平山　这怎么行呢。

女服务员　端着湿手巾和茶进来，放下后离开。

平山　究竟怎么回事儿？为什么吵架？

幸子　呃……我说的话，无论什么，妈妈一概听不进去……

平山　具体什么事儿呢？

幸子　哎……（貌似下定决心）那我就跟您一五一十地说了。

平山　好，说说看。

幸子　其实，我有了喜欢的人。

平山　哦，那后来呢？

幸子　但是妈妈看不上他呀……

平山　为什么？

幸子　我妈妈这个人呀，无论什么事，只要是没照着她的心意来，指定不高兴啊。可是，唯独这次，我可不能再唯唯诺诺听任摆布了。而且我和他，已经盟誓定约了呀……

平山　那他人怎么样？

幸子　我们很早就开始交往了，可是妈妈中意大阪那个药商的儿子，已经擅自决定了呀。——"那个人不错。就他了。他家祖辈就是批发商，家里很富有。这事儿呀，就那么定了。你别再废话了。什么事儿你都听妈妈的就没错呀。跟我在伏见狐仙那儿求的神签一样呢，说是良缘结于西方呀……"

| 听到这里，平山笑了起来——

> 幸子　您别笑，且听我说下去。"阿松，明天一大早去买上一大堆油炸豆腐来。幸子，你带上油炸豆腐去伏见狐仙那儿还个愿吧。"——这种话她都说得出来呢。
>
> 平山　那么，你去啦?
>
> 幸子　怎么可能呢? 傻瓜一样。
>
> 平山　那结果呢?
>
> 幸子　妈妈非常恼火呀。她说，你究竟闹哪样? 这么好的亲事你还想什么? 错过了就再也没有了，会倒霉的。还说，要是惹狐大仙生气了如何是好。这么吵闹不休，所以我就离家出走了呀。
>
> 平山　这得省下多少油炸豆腐啊。
>
> 幸子　可不，估计现在正和阿松吃着呢，也能给投宿我家的客人吃呢。
>
> 平山　（笑起来）是吗? 是挺过分的。
>
> 幸子　伯父，我不听妈妈说的这些话，没错吧?
>
> 平山　倒也是呢。
>
> 幸子　不必理会吧?
>
> 平山　就是啊。
>
> 幸子　一辈子就这么一次的大事。

平山　那当然。

幸子　这么说，我还是应该和那谁结婚啊。

平山　可是那个他，靠得住吗？

幸子　嗯。

平山　那这不挺好的。只要自己承担责任就行啦。

幸子　当然自己负责。

平山　那就行。妈妈啰唆那些话就不用理会呗。

幸子　是啊。听您这么说我也就放心了。

平山　我没想到这么一点小事竟会把你搞得束手无策呢。

幸子　我才不是束手无策呢。——（忽然间神采奕奕）好吧，我这就打电话。

说着站起来。

平山　干什么？打给谁？

幸子　给您家呀。给节子呀。

平山　为什么？

幸子　伯父——

平山　呃？

幸子　刚才的话，都是我瞎编的呀。您中计了。

平山　中计？

幸子　嗯，一出好戏呀。

说完她就出了房间，但立刻又探出身子。

幸子　我要告诉节子,就说她的婚事呀,伯父已 OK 啦。

平山　喂,喂,等等!回来!

| 他慌忙起身。

71　走廊

| 平山出来时,幸子已经在走廊那头的拐角处,她轻轻地挥挥手,然后拐过去,身影消失不见。

72　房间

| 平山脸色难堪地回到屋里,心情难以平复,来来回回不停地踱步。

73　当天夜里　平山家　走廊

| 收音机里传来谣曲《道成寺》[1]中拍球而歌那一段。

---

1. 《道成寺》是日本长呗舞剧中最出名的剧目之一,也是人形净琉璃(日本木偶剧)常选用的剧目。故事讲的是女子清姬爱上俊美的僧侣安珍,安珍没有践诺,清姬化身大蛇,将躲在钟内的安珍和大钟一起烧毁。

74 餐厅

清子愉快地听着,边用手指打着拍子。

不一会儿,玄关的门铃响了,她都没听见。突然间她似乎察觉到什么,站起来正要去往玄关,平山已经进来了。

  清子 呀,你回来啦。我一点儿也没注意到……

平山老大不高兴,吧嗒一声关掉收音机。

  清子 (开心的样子)太好了,真太好了。我还在想呢,要是节子像三上家的姑娘那样离家出走,那可怎么办呢。这下我就放心了。说到底你是位慈父呢。谢谢你。
  平山 (脱着外衣,脸色沉郁)什么啊?
  清子 节子也非常高兴啊,你要是再不同意……
  平山 同意什么?
  清子 她和谷口的婚事呀。
  平山 我还没说同意呢。
  清子 可是,刚刚幸子来电话说……
  平山 那是幸子自作主张打来的。
  清子 可是……
  平山 不过是无可奈何罢了。

清子　是吗……

平山　……

清子　（面露微笑）不过,能觉得无可奈何,那就足够喽。

平山　什么啊——什么就足够了?

清子　节子的婚事呀。

平山　那家伙我又不认识。我概不负责呢。

清子　不用你负责。孩子们自己会负责。她不是这样说过的吗?

平山　这种话能靠谱吗?

清子　可是……

平山　可是什么?你很了解那个男人吗?你从什么时候变成他们的同谋了?

清子　这叫同谋吗……

平山　不是同谋又是什么?仅仅见了一面你就知道他是好是坏?

清子　不止一面。那次之后谷口还到家里来过。

平山　什么—?为什么不告诉我?

清子　还不是因为你心情不好,还说过不让节子见他……

平山　仅凭一次两次就能了解一个人吗?高梨先生提的亲事怎么办?

清子　　那只能由你出面推掉啰。

平山　　不干。我可不愿去。既然你同意,那你去推掉好啦。因为我概不负责。

清子　　好吧,那我去推了。

平山　　好啊,去吧,去吧。我跟这桩亲事可是半点儿关系都没有呢。既然不痛快,当然更不会出席结婚典礼啰。

清子　　可是孩子的婚礼,做父亲的总得出席呀。

平山　　烦着呢。不去。

清子　　好吧。那我也不出席。

平山　　你尽管去就是啰。你不是很开心嘛。

清子　　不去。

平山　　随你便吧。

清子　　他们俩,总能设法应付过去吧。

平山　　应付,你说怎么应付?

清子　　那种事情,我就不晓得了。

平山　　那么,你的赞成是毫无责任感的咯?由此看来,你所说的话,一直都是不负责任地乱说,只图眼前痛快。将来会怎么样呢?不要只考虑眼前,行不行啊?这不是那么简单的事儿。

清子　　可是,既然你这当爸爸的……

平山　什么啊。——喂，怎么啦？

清子　哼，还是算了吧。

|她拿起平山的上衣站起来。

平山　喂，说说看。

清子　不想说了。

平山　既然有话那说出来不就得了？

清子　（索性坐下，直截了当）你这个当爸爸的呀，无论什么事情，只要不按你想的来，就老大不高兴。

平山　哪有啊？

清子　这不明摆着吗？你总是这样呢。就说节子这事儿吧，你说的话还不是矛盾百出吗？！

平山　矛盾？

清子　是呀。你之前不也跟久子说过，说节子要是有了男朋友也用不着操心啦。可当这事变成现实，你又不同意啦，你不觉得自己很可笑吗？

平山　我不这么认为。那是父母出于对子女的关爱。你认为这是自相矛盾？

清子　当然咯。就是矛盾。如果是关爱，那你就不能说我不负责任哦。这难道不矛盾吗？

平山　这样的矛盾谁都会有，没有的只能是神仙。人生本就充满了矛盾，世人皆然。所以有一位学者说，人生就是矛盾的总和。你难道不这样吗？你不也是矛盾百出吗？

| 正说着，玄关传来开门的声响——

  久子 （画外音）我回来啦——

| 平山和清子打住话头，默默地看向那边。

75　通向玄关的走廊

| 从外面回来的久子走向起居间。

76　起居间

| 久子进来。

  久子 （精神饱满）我回来啦……
  清子 姐姐呢？
  平山 节子出去了？
  清子 嗯。
  平山 她去哪儿了？
  清子 谷口明天出发去广岛，她去帮帮忙——

平山　你怎么知道这些事儿?

清子　以为你同意了,所以节子给谷口打了电话。

平山　为什么让她出去了? 不是说过不让她出去吗?

清子　所以我让久子跟着她。

久子　不过,我先回来了。

清子　为什么?

久子　因为呀,两个人那么亲密,我都看不下去了呢。不过,并不是男女间的打情骂俏哦。很自然的,举手投足间无不洋溢着爱意。谷口人真好,会是个好姐夫呢。爸爸,这样的人您就放一百个心吧。靠得住,您且放宽心吧。——(说完作势要走)他坐明天的"晨风"号走,十八点三十分。明天我会和姐姐一起去送他。

说完便出去了。
平山闷声不响地站起来,到里屋去了。
清子微微一笑打开收音机。
仍在播放长呗谣曲《道成寺》,大概是"群山"一段。
清子拿起一旁平山的上衣,掸了掸灰。
平山从里屋探出半个身子,气呼呼地。

　　平山　喂,吵死了! 把收音机关了!

然后砰的一声拉上隔扇。
清子微微一笑关了收音机。

77　晴朗的日子　高尔夫球场

| 镜头掠过球场风光——

78　俱乐部 建筑物附近

│平山返回。

79　俱乐部

│平山进来。
　河合一身高尔夫装备,坐在角落的座位上休息。

　　　河合　嘿。
　　　平山　呀,你在啊。
│他举着手走上前来。

　　　平山　什么时候来的?
　　　河合　刚到。见你正绕圈呢,便坐着等你。听说你昨天就来啦?怎么样,打中啦?
　　　平山　没有,不行呢……
　　　河合　噢,昨晚你太太来过啦,说你家姑娘的婚事已经定下来了。恭喜了。
　　　平山　去你那儿了?

河合　是啊。想委托我做结婚介绍人。

平山　谁的？

河合　还会有谁啊？不就你家的呗。

平山　（不开心的表情）是吗……

河合　听说你不太满意？

平山　噢……是啊。

河合　订婚仪式、婚宴概不出席，你真这么说的？

平山　啊……

河合　不愿意的话就不必出席了。我会安排得妥妥当当的。辛辛苦苦养大的姑娘就这么嫁出去，舍不得，舍不得呀。

平山　并非你说的这样。

河合　噢，这我也听说了。这种事情越快越好，抓紧推进吧。我会妥善安排的。

平山　反正我不会出席的。

河合　啊，那就不去，不用去。勉强不得哦。

平山　……

河合　这样就好。

平山　（无精打采地）哦……

河合　那么这事就这么说定啦。还有件事儿，咱们同学好久没聚了，办场同学会吧，怎么样？

平山　（因为心不在焉没听清）……刚才说什么？

河合　同学会呀。中学同学——

平山　噢……

河合　大家说，这次也联合关西的同学一起聚，地点就在蒲郡附近吧，怎么样？

平山　噢……

河合　不去吗？难道还像刚才说的那样概不出席？

平山　啊，要参加吗？

河合　参加呗。好久没见了。——好了，我转一圈儿去。你也再来一圈，怎么样？

平山　算了，我休息一下，累了。

河合　那我去了……

平山　嗯。

椅子上只剩下平山，看起来闷闷不乐。

平山　（朝另一方向）喂，啤酒……

然后又呆呆地思考起来。

80 夜晚 街灯

| 有栖川公园附近寂静的住宅区——

81 平山家

| 走廊——

82 电话通话中

| 富泽在打电话。

   富泽 喂，喂，双叶美容院吧？——我是刚才给您致电的平山家，平山。——嗯，对。——明天吧，请比刚才约定的时间提前一小时左右过来。——嗯，对。因为典礼两点开始。对，两点整——记住了吧？好的，拜托了。千万别出错。
| 然后放下电话，返回起居间。

83 起居间

| 富泽走来，站在门旁。

富泽　给美容院打电话了,说准时来。

84　套间

|桌子上铺着白色台布,清子、节子、久子三个人正围着桌子吃餐后水果。
桌上摆着花。

清子　哦,谢谢了。富泽也去吃红豆饭吧[1]。
富泽　好的,我就去。
|说完走开。

久子　(稍过了一会儿)爸爸还不回来啊,搞什么呢……
清子　他有事吧。
久子　可是,今天早晨我还跟他说了呢,请他早点儿回来。——姐姐明天可就嫁人了。近来爸爸不太正常……
节子　(伤感地)别说了,久子……
久子　可是,哪怕就今天早点儿回来,跟大家一起吃顿饭,难道不可以吗?
清子　其实,你们爸爸,有好多事情放心不下呢。他

---

1. 日本风俗,庆祝仪式中要吃红豆米饭。

暗地里还请兴信所[1]调查谷口的情况。我都看在眼里呢。

节子 ……

久子 姐姐，那个你不吃吗？那给我吧——

节子便把自己那份蛋糕递给久子。

清子 什么也没能给你预备呢，到那边后有什么需要的，只管跟我说啊，我会慢慢寄给你的。

节子 别操心了，妈妈，已经够多了。再送的话就盛不下啦。再说那边儿的职工住宅，面积很小呢……

久子 不过也蛮不错呢，虽然窄小但充满了快乐的家……（对节子）是吧？

节子不吱声，只报以微笑。

清子 节子，你还有很多事情要做，去二楼吧。

节子 嗯……

她点点头，却不舍得马上离开。

清子 上次去箱根竟是最后一次全家出行呢……我原本想着，找时间咱们一家人再去什么地方走走……

---

1. 私家侦探事务所等民间营利性调查机构。

久子　想去就能去呢。还不是爸爸坏心眼嘛。

清子　（教训的语气）久子——

久子　不过也不要紧，姐姐，就让谷口先生带你去吧。（对清子）广岛那边，安艺宫岛[1]不算远吧？

清子　应该是……

久子　我也想去呢。

节子　那就来吧，等放暑假了。

久子　真的？我可真去呀。

| 节子含笑点头。

清子　行啦，节子，你上去吧。

节子　好吧……

| 说着起身出去了。
清子和久子目送她离开。

久子　（立刻一本正经地）我说，妈妈，姐姐昨天晚上哭了呢。

清子　……

久子　我吧，半夜醒了，便看到姐姐正在哭呢。"姐姐你怎么啦？"我一问她，她就扭过身去把台灯关了。

---

1. 为日本著名三景之一，位于广岛县西南部，旧名"严岛"，严岛神社建于公元593年，保存至今。

清子　哦……

久子　爸爸眼光不行呢。多好的人啊他还不满意。像谷口这么优秀的，怕是不多见呢。是吧？

清子　（笑笑）……

久子　爸爸是顽固不化的封建分子呢……

玄关的门铃响起——
清子独自起身过去。

85　走廊

清子出来迎接平山。

清子　回来啦。

平山　嗯。

清子接过皮包。

86　起居间

平山和清子进来。

久子　爸爸回来啦——我们都吃过晚饭了。

平山不说话，穿过套间进里屋去了。清子跟了进去。

87　里屋

两人进来，平山从口袋里拿出个纸包扔到桌子上，然后解下领带。
清子取过纸包打开看。
是黑色的袜子和白色手套。
清子不由得看看平山。

  清子　这是什么——？

平山不答话，只管将口袋里的东西放到桌子上。

  清子　明天，你会去吗？
  平山　（情绪不佳）不去也不行吧。毕竟大家都来嘛……
  清子　（放下心来）这就对了……

说完快步走了出去。

88　套间和起居间

清子穿过套间和起居间——

89　走廊

清子走过来，登上去往二楼的楼梯。

90 二楼

|清子上来,节子正在整理旧书信等物件,忽然看向她。

  清子 节子,爸爸说明天参加呢——
  节子 ——?
  清子 你的结婚典礼,爸爸要去参加呢。

|节子的眼里噙着泪花。

  清子 太好了。真是皆大欢喜呀……我原本就觉得他会去的……

|突然,节子捂着脸哭了。

  清子 太好啦……我总算松了一口气……喂,别哭啊,你明天还要忙,赶快收拾一下早些休息吧。——太好了太好了。

|说完起身就要出去。

  节子 妈妈——
  清子 嗯?
  节子 对不起……说了很多任性的话……让您担心了……
  清子 都过去了。只要你能幸福,那就足够了……好咯,快收拾吧。

｜随后离开了。
　目送妈妈离开，节子又捂着脸哭了。

91　起居间

｜清子走来。

　　　清子　久子，你帮帮姐姐去。
　　　久子　好啊。
｜说着起身。清子进了里屋。

92　里屋

｜平山换上和服正在系腰带。
　清子进来。

　　　清子　节子特别高兴。
｜边说边收拾平山脱下的衣物。

　　　清子　果然还是得爸爸出席……
｜平山默默地走出去。

93　套间

平山进来，在铺着白色台布的桌子旁坐下。
清子跟过来。

清子　他爸，吃红豆饭吗？
平山　——？你倒是满不在乎呀。
清子　怎么啦？
平山　我没想到这孩子会这么不听劝……
清子　不听劝……
平山　唉，我还是想不通啊，无法释然。
清子　……
平山　决定终身大事，居然不跟父母商量，自己就选中对象，怎么想我都不痛快呢。……毕竟我也很担心她啊……
清子　……
平山　……

94　夜晚 蒲郡

| 汹涌澎湃的海浪——
　竹岛码头——

95　同上 旅馆的庭院

| 树丛对面是大海——

96　同上 从院子里看到的客间

参加同学会的有十一二人——女服务员朝这边走来。

女服务员　那间屋子，已经备好麻将了。
A　是吗？——那搓一圈去？
B　好，好。
A　（对女服务员）喂，往那房间送些啤酒。
C　那就走吧。先打一圈再说。

说着，四个人站起来走了。

97　同上　室内

剩下平山、三上、河合、堀江、菅井、林、中西等七人，他们随意地围坐在铺着白色台布的长桌旁，桌上吃剩的酒菜杂乱摆着。

河合　哎，虽说受他老婆所托，我当了结婚介绍人，可是平山对他那女婿，就是看不顺眼呢——
菅井　（对平山）为什么？
平山　这个嘛……
中西　合乎标准的乘龙快婿可是很难物色到的。再怎么说，毕竟是自己辛辛苦苦养育的闺女呢。
三上　菅井，你有几个孩子？

菅井摆摆手没有回答。

平山　　没有?

菅井还是摆摆手。

林　　菅井孩子多的是呢。……六个吧?

菅井依然摆摆手。

堀江　　七个吗?

菅井点点头。

河合　　都是女孩吧?

菅井点点头。
河合、堀江、平山都笑了。

堀江　　难怪。
河合　　那是当然啦。
菅井　　什么呀?
平山　　啊,没事儿。在说我呢。
中西　　不过,你说这孩子吧,你还念叨着"是个孩子呀,还是个孩子呀",他们却在不知不觉间已然长大成人啦。
三上　　一点儿不错……
堀江　　可是,要长不大就更糟了。……嗨,三上,来一段,好久没听啦。

三上　什么？

堀江　瞧，不就那个吗？在吴港吟诵的楠木正行[1]的……

三上　啊，那个不行。

平山　什么？

堀江　诗歌吟诵。

菅井　嗬，那得听听。

河合　喂，来吧。

大家　（异口同声）来，来，吟诗吧！

三上　那就来一段吧。……不过，和时代有些脱节啊！

| 他微微清嗓然后端坐。

这首诗是楠木正行题于吉野如意轮寺正殿门板上的绝命诗。

| 说了开场白后他便开始吟诵。

乃夫之训铭于骨，

先皇之诏耳犹热。

十年蕴结热血肠，

今日直向贼锋裂。

---

1. 楠木正行（Kusunoki Masatsura，？—1348），日本南北朝时代武将，明治维新时被奉为"尊王"楷模。

想辞至尊重来兹,

再拜俯伏血泪垂。

同志百四十三人,

志表三十一字词。[1]

归乡路迢迢,唯眷梓木弓。[2]

且记亡魂数,留取姓和名。

以镞代笔和泪挥,

铓迸板面光陆离。

北望四条贼氛黑,

贼将谁何高师直。[3]

（吟诵至此盘腿而坐）啊,就到这里吧。

堀江　还没完吧?

菅井　未完那就继续啊。

平山　哎,吟下去吧。

三上　好了吧。再多就该出丑了。

堀江　喂,吟吧。

---

1. 该表志诗日语假名共三十一字,译成汉语字数不同。
2. 日本旧时祭祀仪式所用的一种器具。
3. 高师直（Kō no Moronao, ？—1351）,镰仓时代后期至南北朝时代的名将。官位武藏守。高师重之子,兄弟为高师泰、高重茂。

林	呵，果然是好诗呢。
中西	嗯，真好啊。
河合	唔……（低声吟唱）樱井叶绿春日深——是吧？
菅井	（接着吟唱）故园渡口暮色沉……
大家	（合诵）欲将树下系战马，无奈世穷抛此身。思乡泪洒铠袖湿，却道清露沾衣寒……

98　清晨

浪涛起伏——

99　竹岛码头

平山和三上倚靠着码头上的栏杆交谈。

平山	后来……你去见过文子吗？
三上	嗯……那以后她也时常回家呢。——哎，总算像那么回事儿了……
平山	（目光转向大海）……
三上	养儿育女真不容易啊——
平山	唔。
三上	你看，结果还是向孩子低头了……按我们的想

　　　　　法已经行不通了……

平山　　嗯……说的是啊……

三上　　说起来咱们都老了。说是同学聚会,话题可都是孩子们呢……

平山　　唉……可不是……

三上　　未觉池塘春草梦,阶前梧叶已秋声……

| 两人不再说话,默默地眺望着海面。

100　京都

| 东寺之塔[1]。能看见远处的东山。

101　东山

| 舒缓绵延的山脊。

102　靠近祇园的小路

| 幸子学习茶道回来。

103　佐佐木旅馆的后门

| 幸子归来。
　正在洗衣物的女佣阿松目光迎着她。

  幸子　　我回来啦——
  阿松　　回来啦。噢,东京的平山先生来了呢。

---

1. 东寺也称教王护国寺,位于京都车站西南,早在平安时代营造平安京的时候就兴建了东寺。现在是联合国教科文组织评选的世界文化遗产。东寺的五重塔高达56.4米,1644年由德川家光重建,被视为日本第一高古塔,是京都的象征。

幸子　哦，他在哪儿?
阿松　在里面呀。

幸子点点头走了进去。

104　走廊

幸子穿过走廊——

105　里面的日式客间

幸子进来。
平山和初回过头来。

幸子　您好——
初　　呀，你回来了——
幸子　欢迎光临。
平山　啊，前些日子节子结婚，你专程赶去参加，多谢。
幸子　不客气，恭喜您了。——伯父，这次过来所为何事?
平山　噢，我们在蒲郡举办中学的同学会，就顺便到大阪来了……
幸子　这样啊。那事情都办完了?

平山　嗯。

初　幸子，我们正说起他们俩呢，那是什么来着？两人特别喜欢吃的……

幸子　什么？

初　你瞧，两人一个劲儿夸好吃好吃的……

幸子　哦，腌油菜花嘛。

初　啊，对呀对呀，两人是真喜欢呀。——姑爷说，给，这个好吃……是挺好吃……姑爷又说，尝尝这个怎样……姑娘就说，我喜欢……两人别提多恩爱啦。是吧，幸子？而且他们住的就是这间屋子呢。

平山　噢。感谢您多方关照……

初　哪里，也没怎么招待……

幸子　他们只住了一个晚上……

初　我本想挽留他们再多住几天呢，可他说工作脱不开身，第二天坐观光巴士去名胜地方转了转，当天晚上就走了。

平山　哦。

初　当真性格开朗、人品出众呢。希望老天也赐给幸子一个这么好的女婿吧。是吧，幸子——

幸子　可真是。要是遇见那么好的人，我随时嫁人。

初　多好的人啊，您是看他哪里不顺眼呢？

平山　呃，并非看他不顺眼，只不过……

| 阿松进来。

阿松　老板娘，您来一下——

初　　有事呀？找我吗？

说完对平山点点头，跟着阿松出去了。

幸子　伯父，上次那事实在对不住啦……

平山　什么？

幸子　不要生我的气哟，还请您原谅。

平山　嗬，那个圈套啊。

幸子　嗯。这可是我这辈子演得最精彩的一出大戏。怎么样？算得上名角吧？

平山　嗬，演技当真不错哦，骗得我死死的。

随后平山起身去到走廊上。

平山　不过，那出戏完完全全是编造的吗？

幸子　欸，有什么不妥吗？

平山在一边的椅子上坐下来。

平山　你有了男朋友的事儿也是谎话吗？

幸子　唉——真要有了我会很开心的，可就是找不到呀。

平山　为什么？

幸子　我可没那闲工夫。

平山　刚才你妈妈也这样说，你的婚事让她操碎了心呢。

幸子　她呀，不管当着谁都这么说的呀，都成口头禅了。

平山　不是这样。

幸子　不，还真是这样。妈妈只不过是口头上那么一说，当个乐子而已，可实际上，我的事情她才不肯放手呢。

平山　难道真是你说的这样？

幸子　可不就是吗？她总是自己随随便便找来个候选人，然后再否决他。如此反复，就跟小孩子搭积木一样，乐此不疲呢。

平山　噢……或许是这样吧。

幸子　千真万确。真受不了她。

平山　话说回来，你也该认真考虑一下了。

幸子　可是，我不能把妈妈一个人扔下嫁人呀，我放心不下。我若是不在家，她一准儿这个那个的，成天与阿松拌嘴吵架，这家里可就乱套了呢。

| 平山不由得笑了起来。

幸子　阿松也算是够有耐性的了。

平山　（笑了笑）如果你不放心出嫁，招赘个女婿不也可以吗？

幸子　可招赘个女婿，也很难保证做到阿松这样啊。

| 平山笑着站起来回到屋里。

平山　不过啊……你也不用为你妈妈担心太多哦。父

母本就是为了子女的幸福而活着。只要孩子幸福，父母就放心了呢。

幸子　是这样的吗？

平山　是啊。不要总记挂着你妈妈，该结婚就结婚吧。你妈妈这样的，什么时候都会过得很好呢。

幸子　可是伯父，这就奇怪啦。

平山　为什么？

幸子　伯父，您不是跟我说过不要结婚的话吗？

平山　我说过吗？

幸子　您说，本以为结婚是黄金，可到头来只是黄铜……

平山　啊，这话说过不假。……不过，可以把黄铜变成黄金哟。这才是真正的夫妻。哎，结婚吧。再不嫁人可就晚三秋咯。

幸子　伯父您的话，跳跃性太大，我都无所适从了。是结婚好呢，还是不结婚好呢？哪个才是您的真心话？

平山　那当然是结婚好，结婚是对的。

幸子　您这话不是圈套吧？

平山　嘀，我可没你那么高明的演技呢。这事要认真对待，遇到中意的那就结婚吧。你幸福了，你妈妈也就幸福啦。

幸子　……（低头思考状）我考虑考虑吧。

平山　对,是该考虑清楚了。

幸子很是认真地点点头。
这时初慌里慌张地返回来。

初　啊,有的忙了,有的忙了。

平山　怎么啦,有客人来了?

初　要是客人就好了呀,是税务局的。——幸子,这几天你去处理一下。

幸子点点头。

初　不是有个人经常来吗?但这次来的不是那个人。他干净利落,梳着分头,打着好看的领带,仪表堂堂呢。他说,最近几天请带着图章去一趟。

平山　招他做女婿怎么样啊?

初　就是。——我说,不晓得哪里还会有那么好的人呢。

幸子　快打住吧,妈妈。——哎,伯父,节子曾跟我说过这样的话。

平山　她说什么?

幸子　因为节子的婚事,惹得伯父您不高兴,说到最后您也没给她露个笑脸……节子为此一直不能释怀……

平山　……

初　是吗？她说过这话呀。唉，节子真可怜……（对平山）你就给人家露个笑脸呗——没道理嘛。只要笑一笑就可以了呀。现在就去，怎么样？

平山　干什么去？

初　喏，幸子，你说今天就去广岛怎么样？

幸子　敢情好。……迄今为止，在妈妈所有的主意中这可是最佳的。妈妈，给您打个满分。——喏，伯父，即刻出发吧。

平山　这就去广岛？

幸子　对啊。好让节子尽早安心。

初　对呀对呀，这样最好。就这么定了。

平山　那不行啊。我还得上班呢。

幸子　工作先放放吧，这件事儿才是当务之急。

初　幸子，快给夫人去个电话，趁他没改变主意。

幸子　好嘞。

|说着起身。

平山　喂，喂，等等，喂。

幸子　（不理会平山）妈妈，今天您一出一出的净是好主意呢……

彼岸花

初　（指指自己的脑袋）这儿，不一样啦。

　　幸子　是啊。

| 于是她快步走了出去。

　　平山　喂，幸子——

　　幸子　妈妈，带伯父过来吧！

106　走廊

| 幸子穿过走廊——

107　装有电话的走廊

| 幸子过来，拨号码。

　　幸子　嗯，东京，45转3136——我是祇园2784——
| 她回头看去，只见平山被初拖拽过来。

　　幸子　（对着电话）喂，喂，伯母，您好，我是幸子。是这样，伯父说他现在要去广岛，去看看节子……嗯……嗯……是的……现在，伯父跟您

说话……(把话筒递给平山)给,伯父。

| 平山接过话筒。

  平山 喂,是我……嗯,是的……啊,事情就是这样了……那就去吧,广岛——

108 平山家的电话通话中

| 清子在接电话。

  清子 噢,你去吗?那太好了……节子定会喜出望外啊。……嗯……嗯……那你放心……啊,太好了……这太好了……节子得多高兴啊……我也放心了。……嗯……嗯……那,替我带个好……嗯……嗯……再见……

| 放下电话,清子穿过走廊返回餐厅。

109 餐厅

| 清子坐在饭桌前,高兴地流出了眼泪。

110 后院

| 天气晴好,院子里晾晒着洗好的衣物。

111　火车里

|列车员走来。
　平山叫住他。

　　　平山　　啊……请你帮个忙。
|他将电报纸和钱递过去。

　　　列车员　　好的。
|列车员接过去。

　　　平山　　十四点十八分到达广岛。另起一段，父——可以了。
　　　列车员　　好的……到了大阪就发出去。
　　　平山　　好，谢谢。
|列车员回去了。

　　　平山　　（平山移目窗外，不由得吟诵起诗歌）樱井叶绿春日深，故园渡口暮色沉……
|铁桥飞架前方。

112　东淀川的铁桥

|平山乘坐的"海鸥号"快车向着广岛飞奔而去。

—— 终 ——

早安

> 1959年（昭和三十四年）摄制
> 松竹大船制片厂
> 现存剧本、底片、拷贝
> 7卷，2570米（94分钟），彩色
> 1959年5月12日公映

职员表

制片　山内静夫

编剧　野田高梧　小津安二郎

导演　小津安二郎

摄影　厚田雄春

美术　滨田辰雄

音乐　黛敏郎

录音　妹尾芳三郎

照明　青松明

剪辑　滨村义康

志下	高桥丰
善一	藤木满寿夫
富泽汎	东野英治郎
丰子	长冈辉子
丸山明	大泉滉
绿	泉京子
福井平一郎	佐田启二
福井加代子	泽村贞子
伊藤老师	须贺不二夫
强行推销的男子	殿山泰司
推销警报器的男子	佐竹明夫
杂烩店老板娘	樱睦子

出场人物

林敬太郎	笠智众
民子	三宅邦子
小实	设乐幸嗣
小勇	岛津雅彦
有田节子	久我美子
原口弥江	三好荣子
辰造	田中春男
菊江	杉村春子
幸造	白田肇
大久保善之助	竹田法一

1　东京郊外　小型住宅区附近的平交道口（星期二）

路杆已经降下，电铃鸣响，红灯闪烁，电车飞驰而过。

	河　　　　　　堤		
	（大久保家）	（原口家）	
	善之　志善 助下　一	弥辰　菊幸 江造　江造	
	（丸山家）	（林家）	（富泽家）
	明　缘	敬　太民节 郎子子实勇	丰　汎 　子

2　附近的河堤

放学归来的孩子们走在堤坝上,有上初中一年级的学生小实、幸造、善一(都是13岁),还有小实的弟弟——上小学一年级的小勇(7岁)。他们几个边走边唱着歌曲《相逢有乐町》[1],并模仿"好声音"[2]栏目中"当当当"的敲钟声,等等。

---

1. 1957年发行的歌曲,由佐伯孝夫作词,吉田正作曲,弗兰克永井演唱。
2. 日本NHK公开招募观众参与的现场直播音乐节目,自1946年开播。

善一　（用手指点了下自己的额头，然后对小实说）喂，你再戳我一下试试。

小实便用手指戳了一下善一的额头。
善一"噗"的一声放了个屁。

小勇　我也要戳……

随后便戳了一下，不过这次失败了。于是再戳，善一又放了个响屁。

善一　怎么样？

声音有点儿得意，接着他去戳幸造的额头。一次，两次，三次。
幸造尽管很努力，始终放不出屁来。随后，他突然变了脸色。

善一　什么呀，还是不行啊。

于是，他们又哼着歌曲走了起来。
在能望见堤坝的胡同里，相扑比赛的无线电转播声随处可闻。
幸造依然脸色难看地站在那里。

小实　（回过头来）喂，怎么了？快走啦。
善一　怎么回事儿，跟上呀。

幸造垂头丧气，一动不动。

3　大久保家（小型住宅区中的一户）所在胡同

| 能看见对面的堤坝。

4　同上 起居间

| 女主人志下（40岁）正在缝补孩子的裤子。
　玄关开门声响起——

　　　丰子　（画外音）太太在家吗——
| 于是志下起身出去——

5　玄关

| 只见邻居富泽家的女主人丰子（48岁）拎着购物篮站在门口。

　　　丰子　给——
| 说着拿出刚买回来的沙司。

　　　志下　啊，多谢。——（随后她瞥了一眼购物篮）哦哟，
　　　　　　菠菜可真新鲜。
　　　丰子　蔬菜都涨价了，这把菠菜就要几十块呢……
　　　志下　是吗？这不连凉拌菠菜都要吃不起啦。

丰子　就是呢。——（压低声音）哎，太太，我听说了一件怪事儿呢。说是上个月的妇女协会的会费，到现在还没交上去呢。

志下　可咱们不是老早就交了吗？

丰子　谁说不是呢？刚刚我在西口的市场遇见会长了哟。听她说就咱们这组还没交呢……

志下　可我确确实实交了呢。

丰子　我也交了呀。

志下　那怎么回事儿呢？未免太离奇了吧。

丰子　就是很奇怪呢。——你说，不会是那样吧？

志下　什么？

丰子　我说，咱们那位邻居是不是新买了一台洗衣机？

志下　呃，但是，她说是按月分期付款买的呢。

丰子　难说呀。至今不交会费就不奇怪吗？

志下　也是。

| 突然后门处传来招呼声——

菊江的声音　太太——

丰子　（低声说）啊，她来了。

志下　请进。

6　后门

|原口家的太太菊江（38岁）拿着传阅资料到来。

   菊江　这是妇女协会的传阅资料，我放这里喽。
   志下　啊，多谢。

|于是菊江沿着那条巷弄准备返回自家。这时，放学归来的善一，以及落在他身后、垂头丧气的幸造从对面走了过来。

   菊江　哎，回来了——
   善一　我回来了。

|善一答应一声便进了大久保家的后门。

   菊江　（看着对面走来的蔫蔫的幸造）怎么了？
   幸造　（没精打采）我回来了……

|菊江不理会他，自顾自地进了自家（原口家）的后门。
幸造垂头丧气地走着。

7　大久保家　起居间

|善一将书包扔到走廊的书桌上就要走开。
这时志下从玄关处转回身来。

   志下　（对善一）你去哪儿？不许再去对面邻居家哦。

善一　我不会去的呀，还要做功课呢。

于是他暂时坐回书桌前，嘴里背诵着课本中的词句，趁人不备偷偷地溜了出去。

8　玄关

丰子与志下——

志下　真是难管啊，就知道看电视。
丰子　哦，在转播相扑比赛啊。

9　胡同

善一溜了出来，在原口家的厨房口望见了幸造的身影。

善一　阿幸，我先过去咯。

他招呼一声，便穿过胡同往大马路方向走去。

10　原口家　厨房

厨房里摆有洗衣机。幸造正缠着菊江。

幸造　哎，妈妈，给我拿一条呗。求你了……

菊江　怎么搞的，又闹肚子了？为什么裤衩会那么脏？这一天天的。我买洗衣机又不是为了天天洗这个的。

幸造　（沉默，过了不久又说）妈妈，再给我拿条裤衩呗。

11　大久保家　玄关

| 丰子与志下——

志下　怎么说呢，想看相扑倒也没什么。不过，去那家看，就怕会学些不正经的哟。在教育方面，起不到好作用呢。

丰子　可不就是吗？虽说我跟他们很少往来……怎么回事儿，听说那夫妻俩大白天的都还穿着西式睡衣——

志下　据说在池袋的夜总会上班，也不是没可能呀……

丰子　欸，干这行的？那倒说得通……（她站起身来）那，我回去了……

志下　哎，这个沙司多少钱？

丰子　行了，再说吧。——你还帮我垫付过呢。等以后一起算吧。

12　房前道路

| 相同样式的小型住宅隔着一条马路排列开来。

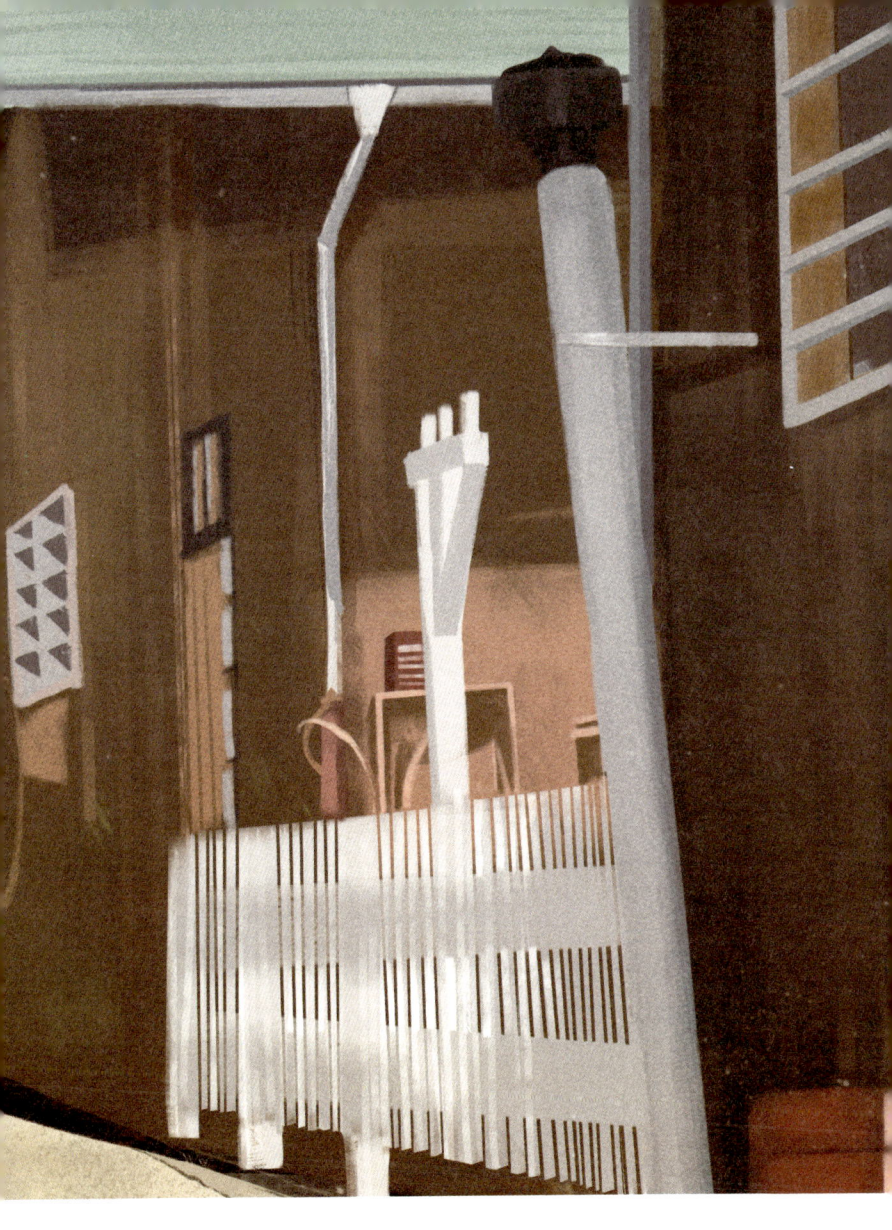

丰子从大久保家出来,正要返回位于斜对面的自家(富泽家),只见幸造从小巷出来,跑进了对面的丸山家。

13　丸山家 起居室

房间门开着。
电视中正播放相扑节目。
北叶山对战富樫。
日式房间中摆放着西洋家具，装饰风格也是西式的——
善一坐在电视机跟前，主人丸山明（30岁）身穿长袍睡衣，坐在椅子上，嘴里衔着烟斗。
玄关门开了，幸造到来。

　　幸造　　您好。

　　　明　　啊，进来吧。

　　幸造　　好的。

随后他进到房间。

　　幸造　　（对善一）阿实还没来？

　　善一　　嗯，没呢。——今天超棒哦，若乃花[1]出场。

　　　明　　阿幸，你觉得谁能获胜？

　　幸造　　那还不是明摆着吗？你说是不是呀，阿善——

　　善一　　那是呀。一下就能把对方摔倒，超厉害呀。

　　　明　　是吗？（一边笑着）来，吃吧。

他指着一边的花生说。
绿（25岁）走了出来，她也穿着长袍睡衣。

---

[1] 指日本相扑第45代横纲若乃花初代，原名花田胜治（Hanada Katsuji, 1928—2010），是日本相扑界举足轻重的人物，昭和年代横纲的代表人物。

绿 （对明说）老公，该出发了。（然后对孩子们）隔壁那俩孩子怎么回事儿？不来了？

善一 （对幸造说）去喊一下吧？

幸造 嗯。

|于是二人在窗口向对面喊着。

善一 喂，阿实——

幸造 快来呀，阿实——

|这会儿工夫，明起身出去了。

14 隔壁林家的窗口

|小实与小勇探出头来。

善一 你磨蹭什么，快点儿过来哟。

|小实比画着手势示意他们马上去。

15 林家的儿童房间

|小实拿着英语课本出来。小勇紧跟其后。

16　起居间

民子（37岁）正在熨烫洗好的衣物。两个孩子走过来。

小实　我走啦。

小勇　我走啦。

民子　去哪儿?

小实　去温习英语哦。English.

民子　小勇你呢?

勇　我也是哟。

民子　不会又去看电视吧? 不许去隔壁哦。

小实　Of course, madam.

小勇　I love you.

民子　小混蛋。

两个孩子出去了。
民子正要熨烫衣物，这时后门处传来招呼声。

丰子　（画外音）太太——

民子　在呢，哪一位?

她起身察看。

17　后门处

| 丰子到来。

丰子　（压低声音）打扰一下，太太，是这样，有件事情很古怪，想跟你请教一下。你把收上来的妇女协会的会费交给组长了吗？

民子　嗯，早就交了……大概有十多天了。

丰子　是吗？果然不出所料啊。——是这样，太太，据说这钱还没交到会长那里呢。

民子　这怎么回事儿？

丰子　是这样的，我是听大久保家的太太说的呀，说咱们组长家新买了一台洗衣机。

民子　但是，怎么可能……

丰子　那是自然。——不过，大久保家的太太说确确实实交给你了呢……

民子　嗯，我也确确实实收了呀。那，咱去问问组长吧？

丰子　可这事儿……说不定……

民子　但是，我百分百交了呀……

丰子　那是自然。太太你不会搞错的。

民子　那怎么回事儿？

丰子　就是呀。

民子　我该怎么办呀……

18　丸山家　起居室

| 电视节目转播中,上场的是若秩父与北之洋。
　小实、小勇、幸造、善一正在观看相扑的电视转播。绿也一边吃着东西一边观看。从这里能一眼望到玄关。
　这时,玄关门开了,菊江走进来。

菊江　打扰了。——（随后她看向孩子们）幸造，怎么又来了！不是说过不许来嘛！（转向绿）你好。（语气和蔼亲切）总是打扰你们，真是给府上添麻烦了。（转向幸造）英语补习完了？还不去吗？小实你呢？阿善你也跑到这里来，回头你妈妈又要发火喽。（转向绿）给府上添这么多麻烦，真是的……

绿　我们没关系呀，一丝一毫都没有。

菊江　（对孩子们）哎，还磨蹭什么！回家去！

| 幸造不情不愿地起身。

菊江　快点儿，都走了！全都走！

善一　我不急呢，又不去补习英语。

菊江　瞎说什么！我要告诉你妈妈喽！喂，走了走了！

| 于是孩子们全都不情不愿地起身离开。

菊江　（对绿说）请多多包涵。

| 她点头致意然后离开。

19　玄关

小实和小勇跟着大家向外走,"喂",绿喊了一声叫住哥俩。

   绿　　你们去公寓的话,代姐姐问候老师哟。
   小实　你说的姐姐就是阿姨你吗?
   绿　　是呀,就是我呀。

小实点点头,跟小勇一起出去了。刚出去,小勇马上探头进来——

   小勇　　I love you.

说完他关上大门。

20　屋前道路

小实、小勇猛然看过去,只见民子从自家(林家)出来,她发现了哥俩。

   民子　磨磨蹭蹭地干什么?英语练好了?

俩孩子板着脸走开了。
民子盯着他俩离去,然后进了大久保家。

21　大久保家　玄关

| 民子进来。

  民子　打扰了,太太在吗——
  志下　(画外音)来了,谁呀?
| 随着话音志下迎了出来。

  民子　啊,太太,我也是刚从富泽那里听说的,关于本月的妇女协会的会费,我老早就交给组长了呢。也不知为什么,似乎出了大问题,搞得乱七八糟的,简直像我的责任一样,作为我来说确实是……
  志下　啊呀,没那回事儿呢,太太。我明白呢,不是你的错。真是的,何必为这事儿特地跑一趟……
  民子　可是,我……
  志下　没事儿呢,不过吧,咱们邻居,组长家里刚买了台洗衣机——是富泽家的太太说的啊,所以,不得不叫人……
  民子　话说回来,那事儿跟我……
  志下　哦,那是自然。那事儿跟你完全没关系哟。不过,太太,她至今还没交给会长,到底是为什么?最麻烦的可是你呀,是不是呀,太太?

民子　那我还是去请教一下组长吧。我可是有责任的。
志下　啊，还是不要去的好。那样一来，组长可就颜面扫地了。
民子　但是，我该怎么办……
志下　放心吧，太太，因为大家伙儿都相信太太你呢。谁黑谁白，过几天不就一清二楚了？且放宽心吧。谁都可能是犯人呢。对了，前几天车站前的电影院不是放映过吗？
民子　……

22　远处的公寓

| 从这个小型住宅区的一角看到的公寓。

23　那座公寓的外景

24　公寓的走廊

| 走廊一角的洗手池边，福井加代子（39岁）在清洗餐具，然后拿着洗完的餐具返回房间。

25　那里的某个房间（福井姐弟的屋子）

小实、幸造，还有小勇也在旁边，他们几个在跟着加代子的弟弟平一郎（29岁）学习英语。
平一郎本身还从事翻译工作。加代子进来，一边穿过房间一边说着话。

　　加代子　（对平一郎）人家委托的翻译完成了吗？
　　平一郎　正翻着呢。

加代子去了别的房间。

　　平一郎　（对小实）喂，你读读看。
　　小实　　（朗读）My sister is three years younger than me.
　　平一郎　知道什么意思吗？翻译一下。
　　小实　　我的妹妹3岁，比我小。
　　平一郎　对吗？——阿幸，你说呢？
　　幸造　　……
　　平一郎　喂，对不对呀？你来翻译一下，喂。

说着他用手指点了一下幸造的额头。幸造忽然"噗"的一声放了个屁。

　　小实　　阿幸，厉害呀。
　　幸造　　厉害吧？
　　平一郎　你们搞什么？

幸造　　最近流行这个呢。
　平一郎　　什么？
　　幸造　　来吧，再戳一下这里试试。

平一郎于是重新戳了一下幸造的额头。
　幸造又放了个屁。

　　幸造　　我每天都练习呢。光吃番薯可不行。要将浮石弄成粉末掺进去吃才行呢。
　平一郎　　这么蠢的事情你是听谁说的？
　　幸造　　阿善家的叔叔说的哟。那个叔叔，可厉害了——

26　傍晚　大久保家　起居间

主人善之助（49岁）下班刚回家，正悠闲地看晚报。善一也在旁边做着什么。
　善之助"噗"的一声放了个屁。善一不由得看了看他。
　志下从厨房里探出身子。

　　志下　　你叫我了？
　善之助　　（头也不回）没叫你呢。
　　志下　　哦，是吗？

随后退回厨房。

27　同一时刻 林家 厨房

│民子在准备晚饭。
　玄关开门声响——

　　　　小实　　我回来啦。
　　　　小勇　　我回来啦。
│话音刚落,两人现身进来。

　　　　民子　　你们两个为什么不听妈妈的劝告?怎么又去了
　　　　　　　　隔壁家——
　　　　小实　　有什么不行的?就去看看电视嘛。
　　　　民子　　不许去,我不是跟你们说过了吗?
　　　　小实　　那就买台电视机吧。
　　　　民子　　想得美呢。
　　　　小勇　　买一台吧,电视机。
　　　　民子　　不买不买,去,吃饭了。
│说完她便端着饭钵去往餐厅。
　小实和小勇跟在后面。

28　餐厅

| 民子拾掇着矮脚餐桌的桌面。

> 小实　（看看菜）What is this? 怎么又是秋刀鱼干和猪肉酱汤啊。

民子　不要太过分啊！小勇，你也要抱怨吗？

小勇　我不抱怨哟。

于是，民子给哥俩盛上米饭。

玄关门开了。

29　玄关

| 一家之主敬太郎(46岁)与民子的妹妹节子(24岁)一起下班回来。民子迎上前去。

  民子　　回来了。
 敬太郎　　嗯。
  节子　　我回来了。
  民子　　你俩赶一块儿了?
  节子　　嗯,在车站下车时……

| 三个人进来。

  小实　　（边吃饭）您回来了。
  小勇　　爸爸,又是秋刀鱼干哟。
  民子　　小勇,你不是说过不抱怨吗!
  小勇　　（对节子）姨妈,猪肉酱汤味道不错哦。
  节子　　是吗? 那太好了。
  小实　　好什么呀,每晚都喝这个。

| 敬太郎只脱掉外衣,便朝着走廊那边走去。

  小实　　哎,姨妈,公寓的那位老师说,姨妈委托的英语翻译,得等到明天早上交稿。
  节子　　哦。——今天情况怎样,若乃花——

小实　不知道呀，咱们家又没有电视机呢。——喂，妈妈，买台电视嘛。

民子　不买。

节子　听收音机不就知道了？

小实　那不行，必须得电视。

小勇　收音机不能看哦。

小实　哎，妈妈，给我们买电视呗，妈妈，好不好啊？

小勇　给我们买吧。

民子　不买不买，就是不买呢。

| 敬太郎边用毛巾擦手边走出来。

敬太郎　谁呀，是谁在洗手间里洗自来水笔的？

小实　不是我哟。

小勇　也不是我哟。

敬太郎　那会是谁？不省心的家伙。

| 随后，敬太郎再次返回洗手间——

小勇　我不知道呀。

小实　我也不知道呀。

| 于是，哥俩继续默默地埋头吃饭。

30 次日清晨（星期三） 河堤

| 上学途中的小实、小勇、幸造、善一，一行四人一边玩耍一边溜达。伊藤老师（35岁）走来了。

  伊藤 喂，早上好。
  孩子们 （异口同声地招呼道）早上好！
  伊藤 喂，不要在路上玩了。
| 随后超过他们几个走了。

  善一 哎——
| 他招呼着小实，小实刚转过身来，善一便戳他的额头。一下，两下，可是没放出屁来。

  善一 你不行啊。
| 接着他又去戳幸造的额头。一戳，他便顺当地放了个屁。

  善一 漂亮！戳我一下。
  小勇 让我来戳！
| 于是戳了一下。
 善一痛快地放了个屁。

善一　　怎么样？

他扬扬自得。

31　大久保家　起居间

善之助独自换着衣服，这时"噗"的一声放了个响屁。
志下从厨房出来。

志下　　你喊我了？
善之助　　没有呀。

志下刚退回厨房，善之助又放了个屁。
志下再次现身。

志下　　什么事儿？
善之助　　啊，那个，今天我要去龟户那边，要不要买点儿水晶糕呀？
志下　　这样啊，那就捎一些吧。——天气真好啊。

32　同天早晨　公寓远景

33　同上　走廊

| 上班途中，节子顺道过来。
　她敲着福井家的门。

34　室内

| 平一郎继续做着翻译工作。
　听到敲门声他应了一声。
　节子进来。

　　平一郎　　啊，早安。这么早啊。
　　节子　　早安。翻译完了？
　　平一郎　　啊，还在翻着呢。专业术语比较多，需要逐一查阅，也就做了七成吧。
　　节子　　今天早晨就要带去公司，剩下的怎么办？
　　平一郎　　这个……那这样，你先带这些翻译好的去行吗？

　　　　　（他留下三四张，把其余的稿件弄整齐）剩下的我今天完成。

随后递过去。

　　节子　（接过）那就这么说定了。
　　平一郎　好。——（冲着里屋方向）哎，姐姐，节子来了——
　　加代子　呀，欢迎光临。
　　节子　早安。
　　加代子　早安。这就要走?
　　节子　嗯。总来麻烦你们……
　　加代子　哪有呀，是你帮了我们的忙呢，不错的业余工作……
　　平一郎　杂志社倒闭后我就沦落成无业游民了。什么活儿都接呢。
　　节子　那我拿走了。多谢……

随后她便要离开。

　　加代子　等一下，节子——那个，你帮我带话给你姐姐吧，就说我们这一次的同学会，有人提议在椿山庄之类的地方举行，问她行不行吧。

节子　　好的,我回头跟她说。——那再见。

加代子　慢走。

节子　　告辞了。

平一郎　再见。

| 于是节子走了。

加代子　人不错哟,节子姑娘——

平一郎　(继续工作)唔……

加代子　你若能娶她做媳妇就好了……

平一郎　别开玩笑了,我现在可是无业游民呢。

加代子　这没啥大不了的呀。你又不会一直失业……

平一郎　不如跟我说说你的近况吧,怎么样,销售顺利吗?

加代子　还好,今天似乎还能卖掉一辆奥斯汀[1]汽车呢。

平一郎　是吗?那太好了。

| 加代子坐在三面镜梳妆台前补妆。

---

1. 英国汽车品牌,公司创立于1905年。

35　同一时间　原口家　厨房

│菊江似乎有些不痛快,她嘴里嘟嘟囔囔的,随后摘下围裙,趿拉着木屐出去了。

36　屋前道路

│丸山明与绿亲亲热热地散步,嘴里哼唱着法语歌曲。
　菊江瞟了他们一眼,满脸的不待见,然后她走进林家胡同。

37　林家（与富泽家之间）的胡同

│菊江来到林家的后门口。

　　　菊江　打扰了,有人在吗?打扰了——
│"来了",随着一声应答,民子现身。

　　　民子　哟,是太太您呀,怎么走这里……从玄关过来多好……
　　　菊江　不用,这样就好。有点儿事情问你……
　　　民子　什么事儿?快请进,不过屋里乱糟糟的……
　　　菊江　那打扰了……
│随后她便进了屋。

38　起居间

| 民子带着菊江过来,拿给她坐垫。

民子　请坐。

菊江　我说太太,我们家这不是买了台洗衣机吗?

民子　哦,听说了呀,我家也一直想买呢,不过还没顾得上……

菊江　既然稀罕那就买一台呗。反正是花自家的钱买,谁都不必顾虑。再说,我们家虽然没有府上过得这么好,不过买一台洗衣机这种小事,就算不给别人添麻烦,想想法子总能买得起吧,何况我妈妈也赚了不少钱呢。哪里需要挪用妇女协会的会费?这顶多也就交个洗衣机的月付钱……(然后发牢骚般地)哼,真是门缝里看人……

民子　请问,是有谁说过什么难听的话吗?

菊江　就别装糊涂了,太太。你扪心自问一下不就知道了?

民子　什么意思呀?

菊江　别看我这样,其实是天生的洁癖呢,别人的东西我向来连一根手指头都不会碰呢。即使这样,还是被人说了那么多难听的话。这个组长无论如何我都不做了,这一次必须让我辞去。受够了。(然后又嘟囔着)太小看人了。

民子　请问……到底出了什么事儿？

菊江　妇女协会的会费呀。难道你不是会计吗？

民子　会计怎么了？

菊江　听说你跟大家伙儿说，收上来的钱都交给我了，对吧？这可不是闹着玩儿的。搞得就像我在捣鬼似的。那就挑明了说吧，我还没收到钱呢。

民子　啊哟，我已经给您送过去了呀，千真万确。

菊江　什么时间？

民子　上个月末，应该是二十八日。

菊江　不，你没送。

民子　不，我送了。

菊江　不对，我没收到。

民子　可我确实交给你家老太太了……

菊江　真要这样，我妈妈不是应该交给我吗？

民子　那种事情我怎么会知道呢，还是回去问问你家老太太吧。

| 这时玄关门开了——

男子　（画外音）打扰了。

民子　来了。——失陪一下。

| 随后她起身出去。

39　玄关

一个四十五六岁、面相不善的男人立在那里。
民子出来。

男子　您好。是这府上太太吧?

随后他便在横框处坐下来,"刺啦"一声打开随身携带的包。

男子　看看需要什么,有松紧带、牙刷、铅笔——
民子　哦,这些东西我们家都有……
男子　谁家都会这么说啊,我说,买支铅笔怎么样?

说着他"啪"的一声打开弹簧小刀,一边削铅笔一边说话。

男子　房子不错呀,周围这么僻静……
民子　那个,我家有很多了……
男子　啊,快别这么说……怎么样,就请买点儿铅笔吧。这刀很锋利哟。

菊江偷偷地瞧着。

男子　(对菊江)啊,那位太太,要买铅笔吗?

40　起居间

菊江慌忙缩回头去。

男子　（画外音）要什么呀，太太？铅笔、松紧带、牙刷——

菊江忐忑不安，她慌忙起身，往厨房那边逃一般地走掉了。

41　胡同

菊江慌慌张张、步履匆匆地返回自家。

42　屋前大路

菊江横穿过去——

43　原口家的胡同

菊江走来，她从自家的厨房入口进入屋内。

44　原口家　厨房——起居间

菊江到来。

　　　菊江　妈妈，妈妈——

| 菊江的妈妈弥江（62岁）坐在起居间的暖炉旁检查账簿。

  弥江 （隔着老花镜看向她）什么事儿这么慌张？
  菊江 他来咱家了？那个强行推销的人——
  弥江 没来呀。
  菊江 那要是来的话你打发走他吧。讨厌的家伙。
  弥江 怎么了？我来会会他。

| 这时玄关门开了。

  男子 （画外音）打扰了。
  菊江 （压低声音）你瞧，来了来了。
  弥江 （很是镇定）哎，哪一位？

| 随后她摘下眼镜走了出去。

45 玄关

| 强行推销的男子坐在入口横框上。
 弥江走出来。

  男子 （刺啦一声打开提包）我说，松紧带、牙刷、铅笔，你要买哪样？
  弥江 不需要呢。

男子　（啪的一声打开弹簧刀开始削铅笔）大婶，这刀快着呢。怎么样，买支铅笔——

弥江　不需要呢。

男子　不要说这种话，快买吧，就一支——

弥江　那么，可以削一下试试吗？

男子　啊，可以，可以的，削削试试吧。这可不是一削就断的笔芯呢。

说着他递过刀子。

弥江　不必了，因为我要用自己的刀子削。不好意思啊。

说完她便去了里屋。

男子　我说大婶，我这里还有脱脂棉呢，府上是做接生的，不需要吗？

弥江返回。

弥江　不需要呢。来，铅笔借我用一下。

她接过铅笔，拿出一把前头尖尖的厚刃菜刀削了起来。男子看到这里有些畏惧。

弥江　还真是锋利啊，（然后用刀子捅捅牙刷）这把牙刷多少钱？

男子　五十块吧。

　　　　弥江　贵了。
|男子惶恐不安地收拾货物。

　　　　弥江　怎么了，要走吗？
|男子拎起包逃也似的走了。

　　　　弥江　再来呀。
|目送他走远，弥江返回起居间。

46　起居间

|弥江回来。

　　　　菊江　（不无担心）怎么样？打发走了？
　　　　弥江　哦，铅笔都落下了呢，你瞧。
　　　　菊江　落到妈妈手里那肯定是落荒而逃啊。
　　　　弥江　连那种货色都害怕我还当什么接生婆！
　　　　菊江　对了妈妈，还有件事儿。妈妈，莫不是你收了林家太太交来的妇女协会的会费吧？
　　　　弥江　我若收了就会交给你呢。
　　　　菊江　我就说嘛。
　　　　弥江　本来就是。

菊江　　不过林家太太说确确实实交给妈妈了呢。大概十天前——

弥江　　我没收到哦。（嘴上这么说，忽然间想起什么）啊呀！

菊江　　怎么啦？

弥江　　你等一下。

|随后她在小型橱柜的抽屉里翻了翻，拿出一个信封。

弥江　　是这个吧？

菊江　　（拿到手里）可不就是，就这个呢。妈妈，为什么不马上交给我呢？

弥江　　可是你还——

菊江　　可是什么呀！（越说越生气）拜您老所赐，我转着圈儿丢人呢！切记小心行事，我可是这个小组的组长呢！有什么差错大家都会怨我啊！这么老糊涂，还真叫人讨厌呀！妈妈，您真该去楢山[1]了！快去吧！我真受够了！正经事儿不干！别跟着搅和行不行啊，我都没脸见人了……真是头大啊……

|随后她边抱怨边气呼呼地走了出去。

---

1. 地名，日本民间曾流传弃老传说，高龄老人要被送进楢山，任其自生自灭。1956年，深泽七郎还发表了短篇小说《楢山节考》。

剩下弥江自己，一个人嘟囔个不停。

> 弥江　哼，胡说八道什么呀，说得自己很厉害的样子……还不是我多方照顾……跟个没用的老公搞到一块儿……哼，神气什么……你这样的饿鬼才要丢出去……叫你胡说八道……唉……

| 她留下一声叹息。

47　林家的胡同

| 菊江从林家后门进来。

> 菊江　（有点儿怯怯地）哎，太太——太太，又来打扰您了……

| 民子出来。

> 菊江　那个，刚才实在对不起……很抱歉，当真是大错特错……真是的，说起我家老太太，还真够讨厌呢。说老早就收到会费了，可现在才告诉我。万分抱歉，我都不知该如何赔罪了……恳请您原谅，太太——
>
> 民子　您太客气了，没事儿，弄清楚就好了。

菊江　实在对不起呢。吓出我一身冷汗，这要是有个地洞我都想钻进去。刚才的事情，还请您不要放在心上，既往不咎吧。

民子　嗯，那种小事我已经丝毫不介意了。

菊江　真心实意哟，太太？

民子　真的，已经放下了……

菊江　啊，太好了。那多谢了……

｜随后她便回去，刚走几步又转过身来——

菊江　（压低声音）对了，刚才的事情跟谁都别说哦，否则邻居们又要七嘴八舌的——

民子　嗯，放心吧。

菊江　那么，我告辞了。

｜于是她回去了。

48　房前道路

｜菊江穿过胡同正往自家方向走着，被富泽家的叫住了。

丰子　等一下，太太，原口家太太——

｜菊江转过身来，只见丰子与一位绅士风度的男子立在富泽家玄关处。

丰子　过来一下，来呀。

她招着手。

49　富泽家　玄关

菊江走过来，丰子给她看一只形状古怪的电铃。

丰子　太太，你看看，这玩意儿怎样？
菊江　做什么用？
男子　啊，其实呀，这是现在正在申请专利的报警器，在发生盗窃火灾等紧急情况时，只要按下这里，大约方圆一百五十米到两百米的范围内都能听到警报声……
菊江　哦，是防贼的？
男子　是的，或者遇上强行推销等情况，也可以发挥作用……
菊江　你要是再早来一步就好啰。
男子　为什么？
菊江　（对丰子）来过你家吧？那个变态的强行推销人。
丰子　（点点头）我只好买了呢——铅笔，然后他就说再买些松紧带吧……

男子　啊，正是因为有那种家伙，所以就连警视厅方面都给予这项发明很大的褒奖……（随后对丰子）买一个吧，太太。

丰子　是吗？那就买个吧……（对菊江）你家买不买？

菊江　我们家不需要。我们有更厉害的呢。

丰子　有了？

菊江　就是我妈妈哟，只要她老人家坐镇，诸事平安呀，哈哈哈哈哈。

她朗朗地笑着回家去了。

50　原口家的胡同

菊江归来，"你好"，她一边跟邻居打着招呼，一边从自家后门进入屋内。

51　傍晚时分　车站前的小商业街

那里开着一家小餐馆——"浮世"杂烩店。

52　同上　店内

| 先前强行推销的男子（A）喝完了一杯酒。

  A　（摇着杯子）喂，没酒了。

 老板娘　马上——（冲着里面）烧酒再来一杯哟。

  老板　（在里面算账）好嘞。

| 这时门口的玻璃门开了，刚才卖报警器那位（B）进入屋内。

  B　啊，真冷。

| 随后他坐到 A 的身旁。

  A　你做什么去啦？

  B　撒泡尿的工夫，遇到推销这个的（自行车竞赛预测）。

  A　啊，是明天的花月园[1]啊。你也好这个啊——（探头看着）喂，你看这个怎样？这三场比赛。

  B　哪个——哦，不会是这个的。没机会的，绝对不行呢。

 老板娘　嗨，让您久等了——

  B　（指着杯子）喂，给我也来一杯吧。

---

1. 花月园赛车场，成立于1950年，现更名为花月园观光株式会社。

老板娘　好的——（冲着里头）再加一杯烧酒哟。

老板　好嘞。

这时从公司下班归来的林敬太郎进来。

老板娘　啊，欢迎光临。

敬太郎　呃——上次，我有没有在这里落下一只手套呢？

老板娘　这个……（冲着老板那边）你没见过吧，老公？

老板　嗯。

"老林——"，突然有人招呼了一声。
原来是丰子的丈夫富泽汎。他已经喝多了。

敬太郎　呀，是你啊……

汎　哎，坐会儿吧。坐坐没事儿吧？

敬太郎　嗯……

于是他并排坐下。

汎　来，喝一个。

敬太郎　呀，多谢……今天去哪里了？

汎　哎，不管去哪儿都没什么指望啊，可总是要吃喝呀。

敬太郎　（喝干酒还给他杯子）多谢。

汎　你，什么时候？

敬太郎　什么？

汎　　　退休……何时退休呀？真是烦啊，这么半死不活的。大概公司方面觉得这人退休后就不用吃喝了吧。还不是饭照吃酒照喝嘛，嘿嘿嘿。老婆也嘟囔个不停，去找工作又找不着，这泥泞不堪的日子，何时才是个头啊！天下之大没有容身之所……到头来一场空啊。

敬太郎　可是，富泽，你不是还有退职金……

汎　　　（摆摆手）不行……不行……公司也精打细算的，不会给那么多呀。三十年啦，风里来雨里去……你说是不是……在拥挤不堪的电车里摇来晃去……啊啊，到头来一场空……一场空啊……

然后他疲惫不堪地耷拉下脑袋。

敬太郎　富泽……富泽……

他拍着富泽的肩膀。

汎　　　（抬起头来）别管我了……哎，哎……

说话间，他眼中有泪花浮现，就那样一动不动。

53　当天晚上　林家　起居间

小实和小勇噘着嘴蹲靠在衣柜边。
晚饭已经做好了。
民子从厨房里端着盛有咸菜的盘子出来。

民子　干什么？不吃饭了？

小实　不吃啦！

民子　那好吧。

随后她去了厨房。

小实　真无聊呀！

说着便咚地一下伸开腿，嘴里哇哇地叫着。小勇也跟着一起喊叫。

民子　（从厨房里探出身子）再不停下来就太过分了！

小实　什么嘛，小气鬼！

民子　尽管说吧。肚子饿了没人管你。——小勇你也不吃了？

小勇　不吃哟。

民子　那随你的便吧。

于是她又退回厨房。
小实再次哇哇地喊叫着，还用后背咔哒咔哒地撞着衣柜。
小勇也有样学样。
民子拎着水壶出来。

民子　混账！你们要闹到什么时候！喂，小勇，你过来！

| 小勇正要起身，被小实一把拽住。

小勇　才不去呢。

民子　小实！怎么这么不懂事呢！我要告诉你爸爸哟！

小实　谁在乎呀，尽管说吧！我才不怕呢！

| 这时玄关门开了。

民子　等着瞧吧，爸爸回来了！

| 随后她走向玄关。

54　玄关

| 民子出来迎接敬太郎。

民子　您回来了。外头冷吧？

敬太郎　哦，在车站前跟富泽坐了会儿。富泽醉得一塌糊涂呢。

民子　是吗？

55 起居间

│敬太郎和民子到来。

敬太郎　（看着俩孩子）这是在干什么？

│俩孩子不吱声。

民子　真拿他俩没办法呀，真是的。
敬太郎　（冲着孩子那边）怎么回事儿？
民子　说什么两人都不听呢。
敬太郎　怎么回事儿？
民子　我反复告诫他们不许去不许去，怎么说都不听，放学就去邻居家看电视呢。今天也是……
小实　所以咱们家买台电视机不就得了吗？
民子　（对敬太郎）今天也是，我还以为他们去学英语了呢，谁知道又一直待在隔壁呢。根本没去哟。真难管。
小实　那就买台电视机呗。
小勇　买电视机呗。
民子　不买不买。
小实　那好吧，明天我还去，去隔壁哟。就是想看呀，我也没办法！

小勇　我也要去哦。

民子　说过了不行，不懂事儿的孩子！

小实　不懂事儿又能怎么样！是谁不懂事儿呀！还不是因为咱家没有我才去看的吗！还不是因为想去吗！咱家买了不就不去看了吗！因为想看才会去的吗！

敬太郎　（发火）吵死了！

民子　适可而止吧！惹爸爸生气了后果很严重呢！

小实　我才不怕呢！谁在乎啊！

敬太郎　闭嘴，安静点儿！

小实　安静不下来呀！那是我的自由！

敬太郎　喂！（于是揪住他的后脖颈）胡说什么！

小实　干什么！放开呀！放开我！

敬太郎　原本就是你话太多了，喋喋不休的。叫你闭嘴你就闭嘴好了！

随后一把推开他。

小勇　我刚才可是一句话都没说呢。

敬太郎　你说你们俩，这算什么！总是缠着一件事儿不放，跟个八婆似的啰里啰嗦！一个小孩子哪来那么多废话！多少安静点儿吧！

民子　瞧，这不挨骂了吗？

小实　　怎么就是废话！因为想要所以就说想要！

敬太郎　那还不是废话！

小实　　可是，你们大人就不说废话了吗？什么"日安""早安""晚上好""天气真不赖呀""啊，是吗"……

敬太郎　混账东西！

小实　　"啊哟，你去哪儿呀？""就去那边儿。""哦，是吗？"，就这种对话，你知道去哪儿吗？"可不是吗？就是呀！"，就是什么？

敬太郎　吵死了！住口！

小实噘声，回瞪着爸爸。

敬太郎　男孩子怎么能废话连篇喋喋不休呢！给我闭嘴！

小实　　好啊，再也不说了，哪怕两天三天……

民子　　哦，那最好不过。妈妈也耳根清净了。

小勇　　一百天都不会说哟。

敬太郎　够了，够了，闭嘴，闭嘴！

小实　　喂，小勇，走啦！

他催着小勇回他们自己的房间。

民子　　真是没办法啊……

敬太郎这才开始脱外衣。

56　儿童房间

俩孩子进来,啪的一声拉上房门。

> 小实　小勇,再不要说话了!不管爸妈跟你说什么都不许开口!
>
> 小勇　嗯。
>
> 小实　明白了?说到做到!
>
> 小勇　嗯。
>
> 小实　无论发生什么事情也决不开口!
>
> 小勇　嗯。在外面也一样?
>
> 小实　嗯。——考考你。

说着话他冷不防地掐住小勇。
小勇皱着眉头咬牙坚持。

> 小实　通过!
>
> 小勇　我也要。

说着话他冷不防地咬住小实的手腕。
小实拼命忍着,然后推开小勇的脑袋。

> 小实　怎么样?
>
> 小勇　通过。——哥哥,(他用手指比画个圆圈儿)有没有暂停?
>
> 小实　可以有。

于是小勇迅速用手指做出圆圈儿形状。

小实摇头。
于是二人沉默。
小实忽然放了个屁。
小勇比画个圆圈儿。

  小实 屁还是要放的。

小勇点头。

57 玄关

节子归来。

  节子 我回来了——

58 起居间

敬太郎换好衣服,与民子面对面坐在餐桌旁。
节子进来。

  民子 回来了。
  敬太郎 这么晚啊。
  节子 嗯。——对了,姐姐,福井家的大婶说你们这次的同窗会,或许会在椿山庄举办呢。
  民子 哦,是吗? 你去过他家了?

　　　　节子　　嗯，就刚才。——小实、小勇哪儿去了？
　　　　民子　　在房间里——
　　　　节子　　哦。
于是她拎着装有糕点的礼品盒走开。

59　儿童房间

小实与小勇，坐在书桌前。
　节子进来。

　　　　节子　　真乖真乖，在学习呢。
　　俩孩子　　……
　　　　节子　　我买了蛋糕，不过来吃吗？看，是这种口味的。
小勇看了看，比画个圆圈儿。
　小实摇头。

　　　　节子　　怎么啦？不要吗？不想吃吗？
　　俩孩子　　……
　　　　节子　　那我们去吃喽。很好吃哟。
于是她转身出去。这时——

　　　　小勇　　（比画圆圈儿）哥哥，我肚子饿了呀。
小实用手指捅了捅小勇的额头。于是小勇放了个屁。
　小实有些吃惊地望着小勇。

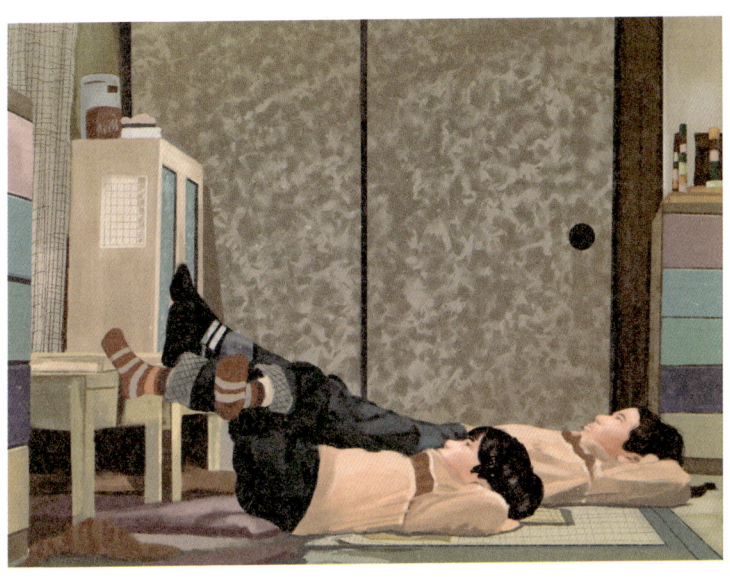

60　次日清晨（星期四）一大早　河堤

弥江口中念念叨叨地叩拜老天爷。

61　原口家的胡同

菊江走了出来。

  菊江　妈妈，吃饭啦！

她喊了一嗓子，而后从便门折返回去。

62　原口家　餐室

一家之主的辰造（42岁）和幸造正在吃早饭。
菊江走来，在餐桌前坐下。

  菊江　哎，老公，你今天回来的时候，记得给他买几条裤衩，三条两条都行，要便宜的。
  辰造　哦。又买裤衩啊？

幸造要再添一碗米饭。

  菊江　还要吃？
  辰造　别吃了。吃那么多，肚子到什么时候也好不了。

菊江将盛好的米饭又倒回锅里，倒上一碗茶递给他。

63　当天早晨　林家　餐室

| 一家人在吃饭——孩子们一言不发。

  民子　再来一碗?
  小实　……
| 随后两个孩子默默地放下筷子起身走了。

  节子　好乖好乖呀,不说话安安静静的真好啊。千万别说话哦。
  民子　看你们能坚持到什么时候。

64　儿童房间

| 俩孩子进来,各自拿着书包什么的走了出去。

65　起居间

| 孩子们到来。

  节子　不打招呼就走吗?
| 俩孩子不说话径直出去了。

66　门前马路

小实从林家的玄关走了出来。
菊江在自家屋前清扫。

   菊江　（看到）啊，早上好。这么早呀。
   小实　……
   菊江　幸造马上就来了。小幸，小幸——
她喊了几声。
这时小实已经默默地走开了。
欸？菊江表情惊讶地望着他。
紧接着，小勇从林家玄关出来。

   菊江　哎，小勇，早上好。
小勇不搭腔，默默地走掉了。
菊江不可思议地望着哥俩，而后进入玄关。

67　玄关

菊江进来时，幸造已做好上学的准备正往外走。

   菊江　哎，你是不是跟小实吵架了？
   幸造　没有的事儿。我走啦。
随后便出门了。

菊江 （嘴里嘀咕）怎么回事儿？真奇怪啊。

她边嘟囔边进了屋里。

68　起居间

辰造在做外出准备。
弥江在壁龛的祭坛前，一边念念叨叨一边对着祭坛行礼。

菊江　这俩孩子行为真古怪啊，会有什么事儿呢？

她不停地咕哝着诸如此类的话走了进来。

辰造　（指责道）嘟囔什么？
菊江　唔，真怪呀，对面邻居家的孩子，我跟他们打招呼理都不理呢。
辰造　哼，那又能怎样呢？
菊江　可是，两个孩子都这样呢。明明看到我了，还装作一副没看见的样子走掉了。（忽然想起什么似的）哎，你说，她会不会还对昨天的事情耿耿于怀呢？
辰造　昨天的事情，又是什么？
菊江　会费的事情呗，妇女协会的。
辰造　那种小事儿，不会耿耿于怀的。谁能不犯错呢？
菊江　总体来说是妈妈有错在先呢，脑子犯糊涂。明明老早就收到了，却不吱声。幸亏我问了她一句，这要是我不问，说不定妈妈就那么私吞了呢。

弥江　（边礼拜边回头道）那种事情我不会做的，谁都有忘事儿的时候呢。

| 随后继续念念叨叨地行礼叩拜。

菊江　我就不会忘记哦。这么重要的事情啊。

弥江　（转过头来）你也会忘记哟，我知道呢。

菊江　我忘记什么啦？您倒是说说看。

弥江　我帮你们垫付的上个月的煤气费——

菊江　天啊，就那点儿钱。所以妈妈您就——

辰造　哎，你们快别说了，都算了吧。——好啦，我该走了。

菊江　哦，路上当心。

| 随后她送辰造出门。

弥江　（边礼拜边喃喃自语）——谁叫你乱说话，还不是你说的不会忘事儿……把我付的煤气钱昧为己有……你就嘴巴厉害……我怎么就生出这么个东西来……唉，唉……

| 随后她敲了一下佛磬，继续念念叨叨地礼佛。

69　厨房

| 菊江到来。
　她看见对面一条胡同之隔的大久保家的厨房里，志下正在洗衣物。

　　　菊江　太太，早安。

70　大久保家　厨房

　　　志下　啊，早安。你家先生出门了？

71　厨房

　　　菊江　嗯。——喂，太太，跟你说件事儿……
| 随后她便趿拉着木屐出去了。

72　大久保家　后门

| 菊江到来。

　　　菊江　我说，对面邻居，人很怪呢。
　　　志下　哦，穿西式睡衣那位？
　　　菊江　啊，那位也挺麻烦的，不过我指的是林家太太哟。
　　　志下　欸？

菊江　怎么说呢，妇女协会的会费被我们家拖延了几天，她就到处宣扬，说得我简直就是拿那笔钱买了洗衣机似的。

志下　哦，是吗？这么不近人情啊。

菊江　可不是吗？所以呢，我就去找她理论了一番。后来我又点头哈腰地给她赔不是呢。事情到此为止也还好啦，不过没想到啊，太太，人家可是记恨在心呀。今天早晨，我跟她打招呼她都装着没听见不理我呢。怎么回事儿呀？换我那种事情可做不出来。

志下　是吗？那位太太，竟然会是这种人？

菊江　是呀，可不就是呢。我也非常震惊。我也觉得不至于呢。

志下　噢。

菊江　防人之心不可无呀。毕竟一点儿小事就这么介怀。

志下　说得对。知人知面不知心啊。——哦，对了，我前几天借了她瓶啤酒，应该还给她吧？

菊江　你跟她借过啤酒？

志下　你瞧，我本来是去你家的，结果你不在呢。

菊江　哦，那天晚上——那你还是尽早还给人家吧。

志下　就是。对了，感谢你的忠告。

73 林家（与富泽家之间）的胡同

| 民子从后门出来丢垃圾。

这时她看到了对面的菊江。

  民子 太太,您早。

菊江绷着脸儿不搭腔,直接进了自家的后门。
民子疑惑不解地望着她的背影,随后进入后门回家。

74 厨房

民子刚进来,这时玄关门开了——

  志下 (画外音)打扰了。

民子走向玄关。

75 玄关

志下拎着一瓶啤酒站在那里。
民子到来。

  民子 啊,请进。
  志下 那个,前几天借了您一瓶啤酒,差点儿忘了……

民子　哎呀,不用挂心上的,这点儿小事……

志下　哪能呀,这就还给您。我走了。

随后她便回去了。

76　屋前马路

志下走出来,猛然想起什么,便拐进了富泽家。

77　富泽家　玄关

志下到来——

志下　太太——太太在家吗?

汛身着外出的服装现身。

汛　你好——(冲里屋)喂,大久保家的太太来了。

说完他退回屋里,丰子迎出来。

丰子　啊,快进来。有什么事儿?

志下　你有没有跟林家借什么东西？有的话还是尽早归还吧。

丰子　怎么了？

志下　是这样的，听说林家那位太太，非常小心眼儿呢。

丰子　不可能吧，这不一直挺好的……

志下　不不，有这回事儿呢。我也吃了一惊。那位太太，看起来颇像个知识分子，但话说回来，这人真不可貌相呢。

丰子　或许是吧……对了，前几天我家的猫咪把隔壁的鱼干给叼回来了呢，还是还给人家比较好吧？

志下　那得还啊。

丰子　哦，说的是……

78　小学一年级教室

讲台上的佐久间老师（女，32岁）——

佐久间　那么"词语连珠游戏"的规则，大家都明白了吧？乌鸦（karasu）、墨水（sumi）、三日月（mikaduki）、菊花（kiku）[1]——接下来该是什么？
学生们　（异口同声）我来，我来。

纷纷举起手。

佐久间　好，厚田你来——
厚田　（站起来）月光假面（gekkoukamenn）。
佐久间　不对呀，要用"kiku"的"ku"组词。
学生们　我来，我来——
佐久间　清水你来接——
清水　（站起来）赤胴铃之助（akadousuzunosuke）[2]——
佐久间　不对不对。用"ku"哟，"ku"。

---

1. 括号内为该日文词罗马拼音，以更直观地呈现游戏规则。
2. 赤胴铃之助是由福井英一和武内刚义创作的日本漫画作品，及以其为原作的广播剧、电影、电视剧和电视动画。

学生们　我来，我来。

老师走下讲台。

佐久间　（注意到小勇没举手）林，你来说——
小勇　（站起来）……
佐久间　带有"ku"的字有什么？说说看。不是有很多吗？说呀，含有"ku"的字。

小勇用手比画个圆圈儿。

佐久间　什么意思？怎么了？
小勇　……
佐久间　到底怎么了？要撒尿？

小勇摇摇头，示意老师关注圆圈儿。

佐久间　什么意思？什么呀？

79　初一教室

│小实手持课本站着。上课的是伊藤老师。

  伊藤　喂，你倒是读呀，读读看啊。为什么一声不吭？不会读吗？这不是人人都认识的字吗？

  小实　……

  伊藤　那站着吧。

│随后他返回讲台。这时下课铃声响了。

  伊藤　好了，这节课到此结束。对了，明天大家要带餐费来。别忘了。

80　小学一年级教室

│讲台上——

  佐久间　都没问题了？明天别忘记带餐费呀。知道了吧？没问题吧？

81 当晚 林家

| 儿童房间的窗户透着光亮。

82 儿童房间

| 小实在刮浮石。
小勇与小实舔了舔浮石粉末。
小勇比画个圆圈儿。
小实同意。

  小勇 哥哥,餐费怎么办?跟妈妈说说?
  小实 不行的,不能说话。
  小勇 那怎么办?
| 小实不说话,继续刮着浮石。

83 起居间

| 敬太郎、民子、节子三个人轻松地坐着——

  节子 那俩孩子,一直不说话,这要到什么时候呢?
  民子 不用搭理他们,叛逆期哟,什么第一期啦第二期啦。——不过,跟他们爸爸倒出奇地像呢。

敬太郎　像什么?
民子　固执己见、脾气大……
敬太郎　那是像你。
民子　才不是呢,喂。
节子　那到底随谁呀……

这时小勇出来,孤零零地杵在那里。

民子　怎么了?

小勇用手比画着做出吃面包的动作,随后伸出手来,似乎在说给我钱。

节子　什么意思?
敬太郎　干什么?

小勇不知所措,直接跑回屋去。

民子　他要干什么?
节子　什么意思?姐夫,你可明白?
敬太郎　……

这一次小实出场了。

节子　怎么啦?

小实开始打手势。

节子　（饶有兴致地猜测）啊，建筑物，一座很大的房子呀，国会大厦？——寺庙？——不对呀？学校？（小实点头）哦，是学校呀，学校怎么了？（小实做出火在燃烧的形状）呀,学校失火了——（小实摇头）不是失火。（小实做出喝的动作）哦，喝茶吗？喝完茶后再做什么？（小实又做了吃的动作）哦，喝过茶接着吃东西吗？

小实摇摇头，继续打着手势。

节子　嗯……嗯……嗯……（小实用手指比画个圆）哦，是钱啊。（小实点头）啊，明白了。学校失火，消防队来了，将火扑灭，然后请他们喝茶，还给他们钱，对吧？

小实焦躁不安地走开。

节子　姐姐你看懂了？
民子　没有。
敬太郎　搞什么啊？
民子　怎么回事儿呢？
敬太郎　呃……

哥俩究竟想说什么呢？三个人陷入沉思。

84 后天(星期六)骤雨初歇 河堤

善之助、善一父子与幸造,三个人在做体操。每当一个动作完成时,善之助、幸造、善一就会放个屁。

  幸造 (听到善之助放屁)大叔,果然很厉害呀。

善之助笑起来,继续做体操,接着又放了个屁。

善一　爸爸在煤气公司上班,当然厉害啰。

然后三个人继续做着体操。

辛造　想不到呀,阿实放屁技术厉害了,却不说话了呢。
善一　就是在学校里也是一言不发呢。

85　同一时间　公寓（福井姐弟的家）

|小实与小勇到来，当然两人都是缄口不言。小实在写着什么，小勇在角落里看书。

  平一郎　（继续翻译工作）喂，为什么不说话呢？不开口的话很不方便吧？
  小实　……
  平一郎　到底因为什么不说话了？还是求神许愿了？怎么回事儿，喂！
|随后他戳了下小实的额头，小实忽然放了个屁。于是小勇走到平一郎身旁，打着手势叫他戳自己的额头。
 平一郎便戳了一下，这位也放了个屁，然后得意扬扬地折返回去。

  平一郎　小傻瓜。——憋住，憋住，屁也不放才对呀。
|传来敲门声——

  平一郎　谁呀？
|门开了，绿进来。

  绿　你好。
  平一郎　哦，是你啊，什么事儿？
  绿　孩子们在这里呀？为什么不到我家看电视了？
  小实　……

绿　　（对平一郎）请问，这个公寓还有没有空着的房间？

平一郎　（一边继续工作）没有了吧。问问楼下的大婶吧。

　　绿　　哦。哪里会有呢？

平一郎　不知道啊。是谁要搬过来？

　　绿　　我呀。我想搬家——那些邻居太八卦了。哎，你有没有什么租房线索？

平一郎　没有啊。

　　绿　　哼，真够冷漠的。——再见。

说完她便走了。

86　走廊

绿出来正要回去，遇见下班归来的节子。
相互用眼神打打招呼便擦身而去。
绿又回头瞅瞅，然后愤然离去。

87　福井的房间

传来敲门声——

平一郎　　请进——

节子进来。

平一郎　呀，你来了。

节子　你好——（对孩子们）啊，你们来了。（对平一郎）我来找你还是为了委托翻译工作。

平一郎　上次的，那样行吗？

节子　嗯——（拿出文稿）这些，还请翻译。四五天完成即可。

平一郎　是吗？多谢你一次又一次关照。——这俩孩子怎么回事儿？一声不吭呢。

节子　（笑着）哦，因为废话太多被训斥了，于是就三缄其口……

平一郎　呵呵，这俩小家伙还真逗啊。（对小实）喂，你都说了些什么？

小实似乎想说话，看着小勇。
小勇装出一副不知所以的表情看着节子他们。

平一郎　（对节子）这究竟是怎么回事儿——？

节子　（边笑边说）被大人训斥净说废话，他就反驳说你们大人才废话连篇呢……什么早安、日安、天气真好啊……

平一郎　哈，原来如此。倒也有几分道理……不过，换谁都要那么说啊。

节子　就是哟。人人都这么说呢。

平一郎　话说回来，其实那些话也并非一无是处，不是吗？若非如此，这世间将会多么寡淡无味啊。我是这么认为的。

节子　是呀。不过对这俩孩子而言……

平一郎　他们理解不到呢，那个层面——话说回来，这世间，正是因为无用的事情而美好啊——

节子　……

平一郎　我是这么认为的。

节子　……

88　当晚　小餐馆——"浮世"杂烩店

敬太郎与辰造坐在吧台前，辰造给敬太郎斟酒。辰造有了相当明显的醉意。

敬太郎　啊，够了，够了。

辰造　给您添麻烦了。

敬太郎　哪里哪里，这点儿小事——

辰造　啊，那就好啊。就是嘛，要说无用的话，这喝酒抽烟不都是无用的吗？不过，不也挺享受吗？

敬太郎　嗯，那是挺享受。

辰造　跟您说，我能体会到您家那小子嚷着"给我买给我买"时的心情呢。我挺理解他的。毕竟连我都想看呢。可是买不起呀。

敬太郎　这个嘛，买得起买不起姑且不论，我就是不想要啊。我忘了是谁说过的，说电视这玩意儿，是造成整个社会"一亿白痴化"的原因呢。

辰造　唷，是吗？不过，这话什么意思？

敬太郎　呀，就是说日本人全都会变成傻瓜呢。

辰造　唷，这话也太危言耸听了。原来如此，原来如此啊——不过，怎么会这样呢？（突然对邻座的客人说）先生，您怎么看呢？

邻座客人　（通先生）什么？

辰造　在谈论电视机呢。

通先生　哦，电视机呀，一亿白痴化吗——

辰造　您知道哇？

通先生　嗯，电视机，不好说啊——

辰造　真会这么麻烦吗？嘿嘿，或许是这样吧……

89　当晚　林家　玄关

刺啦一声玄关门开了,醉酒的邻居富泽汛喊着"我回来了——"一头闯进来。
小勇出来。

汛　喂,小毛头,你来了。来得正好啊。

随后他坐到地板框处开始脱鞋。
民子走出来。

汛　呀,太太,真是抱歉啊。我家那位,跑哪里去了?让您给看门,真不好意思啊。
民子　那个,你家在隔壁呢。
汛　欸?(吓了一跳)欸?嘿,嘿,嘿……呀,惭愧惭愧——
民子　我送你过去吧。
汛　啊,没事儿,没事儿——

于是他走了。关闭的格子门——

90　富泽家　玄关

格子门刺啦一声开了,汛回来了。

    汎 呀,我回来了——

| 随后他一屁股坐到地板框上。

 丰子出来。

    丰子 啊哟,又喝多了——你慢点儿——
    汎 啊,真痛快……
    丰子 什么事情让你这么开心?
    汎 啊,真痛快……闭嘴……真开心啊,喂,哈哈哈……

| 他终于瘫软下去。

91 次日(星期天) 河堤远景

| 冬日午后,晴天丽日——

92 丸山家的窗户

| 沐浴着暖洋洋的阳光——

93　其中一间

| 许多东西被扔得到处都是,房间里乱七八糟的,绿嘴上叼着烟,在打包搬家行李。

　　　　绿　喂,老公,弄好了吗?

94　起居间(西式装饰风)

| 明头上缠着头巾,置身乱糟糟的行李之间,他正在卷地毯。

　　　　明　正弄着呢,卡车几点到?

95　某个房间

　　　　绿　三点左右来呢。抓紧干吧。

96　起居间

　　　　明　你在弄吗?做什么呢?
| 然后他继续处理地毯。

97　林家　走廊上的洗手间

节子在一边清洗小物件，一边向丸山家张望。

节子　哎，姐姐，隔壁好像在搬家呢。

98　厨房

民子　（边洗洗涮涮）是吗？大概是觉得咱们这些邻居太八卦了吧。连我也想搬走呢。

节子　（笑着）不过，现如今无论搬去哪里，没有邻居的房子是不存在的哟。除非搬去大山里——

民子　是啊——

随后她往起居间走去。

99　起居间

敬太郎在看报。
民子到来。

民子　哎，你说老鼠会不会啃浮石？少了很多呢。

敬太郎　这个，老鼠不吃浮石吧。

民子　是啊，再说前些日子抓到了，之后家里再没有老鼠了呀。

100　儿童房间

| 小实与小勇在吃浮石的粉末。

　　　　小勇　（比画圆圈儿）哥哥，我肚子饿了呀。好长时间
　　　　　　　都没吃过点心了。
　　　　小实　……
| 这时玄关传来开门声响——

　伊藤老师　（画外音）打扰了。
| 小实与小勇对视一眼，然后从门缝往外窥视。

　　　　小实　喂，老师来了。
　　　　小勇　怎么办？
　　　　小实　跟我来。
| 他便从窗口跳了出去。

101　窗外

| 小实先出来，然后接小勇下来。

102　玄关

| 伊藤老师与敬太郎——

> 敬太郎　　是吗？唉，都是因为他废话太多，被我训斥了几句。
>
> 伊藤　　哦，原来如此啊，知道怎么回事儿也就放心了……听说连你家的小儿子都不说话呢……
>
> 敬太郎　　呀，真是抱歉，给您添了不少麻烦……唉，培养孩子真不容易啊，恳请老师在学校里也对他们进行斯巴达式教育[1]，不必有一丝一毫的顾虑……
>
> 伊藤　　哎，那倒不至于……

| 格子门开了，富泽汎到来。

> 富泽　　啊，有客人在呀。
>
> 伊藤　　您请，请，我正要走呢。——那，打扰了。
>
> 敬太郎　　让您专程跑一趟，非常抱歉。
>
> 伊藤　　告辞了。
>
> 敬太郎　　再见。

| 然后，伊藤老师离开——

---

1. 原意是指通过严格的军事体育训练，把斯巴达人子弟培养成国家需要的武士。这里指严格管教。

敬太郎　　快请进，富泽——
富泽　　那就叨扰了……

于是他进入房间。

103　厨房

小实和小勇偷偷地溜进来，抱着饭桶拎着水壶出去了。

104　起居间

汛与敬太郎，还有民子——

汛　　太太，昨天晚上真对不起。今天早晨还被老婆狠狠地收拾了一顿。
民子　　（笑笑）没什么，我看你心情非常好呢……
汛　　话说，老林，值得庆贺呢，我总算找着工作了。
敬太郎　　嚯，那是可喜可贺。不错呀。
汛　　不过呢，公司不值得一提呢——东光电机，不知你们听说过没有，在黑门町那里……烧烤店斜对面的……就是那里，在销售部跑业务呢。
敬太郎　　那挺好的呀。

汎　　　不过这往后会很辛苦的，因为需要挨家挨户上门推销啊。拿着这玩意儿——

说着把商品目录递过去。

敬太郎　　什么（接过来）……啊，原来是这个——烤面包机、果汁机……
民子　　（看了看）哦，还有洗衣机呢。
汎　　　嗯，太太，看看要不要买一台……
民子　　（笑着）你可真是厉害……
汎　　　喂，老林，考虑一下，需要什么……
敬太郎　　这个……
汎　　　虽然价格稍贵，不过分期付款也行啊。
敬太郎　　这说起来吧，为了祝贺你找到工作，我们也应该买件东西……
汎　　　好啊，那就请下单吧。还有另外的商品目录呢。稍等，我这就回去取。

随后他点点头便匆匆忙忙地走了。

民子　　（目送他）我们也该打算打算了。
敬太郎　　什么？
民子　　退休哦。
敬太郎　　唔……

105 草地

小实与小勇生起篝火,从饭桶里盛出饭,然后用手抓着吃。

  小实 喂,给我茶——

小勇将水壶里的水倒在小实的手掌心。
小实一只手抓着米饭吃,一只手掬水喝。

  小勇 哥哥,你像个乞丐呀。
  小实 蛮有意思的。
  小勇 嗯。我要吃米饭——

小实盛了一团米饭放到小勇掌中。

  小勇 哥哥,米饭真香啊——
  小实 再拿些菜肴就好了。
  小勇 我回家拿吧。
  小实 嗯,快去快回。

于是小勇就准备回去,这时他们看到对面有个巡逻的警察。
小勇慌里慌张地跑回来。
巡警正慢悠悠地走过来。

  小勇 哎,哥哥!

小实看见巡警,慌慌张张地跑掉了。
小勇也抱起饭桶和小实一起逃跑。

巡警　喂——站住——

他喊着跑了过来，拿起水壶，灭掉火，口里喊着"喂——"，跟在孩子屁股后面追着。

哥俩拼命奔跑。

巡警紧追不舍，而后他发现了放在路边的饭桶。

巡警拾起饭桶，孩子们的身影已经消失不见。

106　晚上　街道派出所

办公桌上放着饭桶和水壶。
时钟指向七点四十五左右。

107　同上　公寓走廊

节子来了。她敲了敲福井家的门。
"哪一位？"伴随着加代子的应答声，节子推门进屋。

108　屋内

已经吃罢晚饭，平一郎与加代子一边翻阅着周刊等杂志，一边喝茶。

加代子　呀，快请进。
节子　　晚上好。——嗯，我家那俩孩子没在府上呀？
平一郎　怎么了？
节子　　白天也没来过吗？
平一郎　没有，今天没过来呢。
加代子　出什么事儿了？
节子　　直到过午两人还在家里呢，谁知招呼不打就出去了……

加代子　是吗？那还真令人担心啊。

节子　嗯。不过说不定这会儿他们已经回家了。打扰了，再见……

加代子　那你小心点儿。

平一郎　再见。

| 节子施一礼走了。

加代子　俩孩子脾气真够怪的，估计还没开口说话吧。

平一郎　不过，想想也挺有趣的。因为在孩子们的眼中，成年人之间的寒暄问候，岂止是无益，简直就跟废话一样呢。

加代子　是啊，我推销汽车的时候也是废话连篇呢。——可是，不说的话就卖不动了。

平一郎　就是吗。那些所谓的废话可是世间的润滑剂哟。

加代子　尽管如此，重要的事情还是难以开口啊。

平一郎　可不是吗？即便可以说那些废话。

加代子　你就是这种类型呢。

平一郎　什么？

加代子　明明喜欢却就是开不了口。

平一郎　扯哪儿去了？

加代子　节子哟。每次见到她，你总是翻译啦，天气啦，东拉西扯一通，要紧话儿却一句都不说……

平一郎　哎，不是那样的。

加代子　不会错的，我是旁观者清。偶尔也得说说要紧的事儿呀。

平一郎　……

加代子　我说，你是不是应该去找找看呀？

平一郎　找什么？

加代子　孩子们呀。说是过午就出去了，一直没回来，已经这么长时间了。

平一郎　嗯，那我出去看看吧。

加代子　快去快回吧。

于是平一郎起身准备出去。

加代子　外面冷，穿厚点儿。

平一郎　嗯。

109　当晚　林家　起居间

| 挂钟——八点半前后，敬太郎与民子，两人不说话，脸上尽是担忧之色。这时玄关门响了——

节子　（画外音）小实小勇回来了？

话音声中她拎着饭桶和水壶进来。

民子　还没有——
节子　也没去公寓那边呢。怎么回事儿呢？
民子　（看了看饭桶和水壶）这哪来的？
节子　我回来的时候顺便去了趟巡警岗亭，就看见这些了。听说俩孩子把它们丢在铁器厂的草地上跑掉了。
民子　跑哪儿去了呢？（对敬太郎）你说，他们能去哪里？
敬太郎　呃——
民子　我出去找找。
敬太郎　啊，还是我去吧。
节子　真是的，究竟跑哪里去了？
敬太郎　唉，不省心的家伙。

一家人忐忑不安——

民子　那，你披上这件——

说着，她拿出大衣和围巾。

敬太郎　嗯。

│突然玄关传来开门声——

平一郎　（画外音）晚上好——
民子　来了。

│她迎出去。

110　玄关

│平一郎来到。

平一郎　晚上好——（回过头去）喂，进来吧。

│小实与小勇缩手缩脚地走进来。

民子　哎，你俩跑哪儿去了！（冲着里屋）老公，他们回来了！

│敬太郎与节子一起出来。

平一郎　还请不要过多地责备他们。两人在车站前看电视呢。
敬太郎　呀，多谢，真是有劳您了。
节子　两个小傻瓜，不知道大家有多担心！

平一郎　　好了,我就不叨扰了,告辞。

民子　　实在太感谢了!

敬太郎　　啊,谢谢您。

平一郎　　再见。

节子　　再见。

| 平一郎走了。
俩孩子还站在原地。

民子　　快上来吧。

敬太郎　　进屋。

节子　　别再闹了。赶紧进来吧。

| 俩孩子进了房间。
一进屋便看见放在一边的电视机。

小实　　哇,太棒了!

小勇　　啊,是电视机!

小实　　咱们家买电视机了?太棒了!小勇!

小勇　　嗯。妈妈,真是咱家买的?

民子　　是呀。爸爸给你们买的哟。

小实　　超级棒哎!

民子　　富泽家的伯伯给带回来的。

111　次日清晨（星期一）　河堤

|一个人也没有。

112　原口家（与大久保家之间）的胡同

|上学装束的小实与小勇兴高采烈地走来。

113　原口家的后门

|菊江在洗衣物。
　小实与小勇来到。

　　　小实　早安。
　　　小勇　早安。
　　　小实　阿幸已经走了？
　　　菊江　（冲里屋）幸造！幸造！
|两个孩子走向大久保家的厨房。

　　　小实　早安，大婶——
　　　小勇　早安。
　　　小实　阿善走了吗？

114 大久保家 厨房

| 志下在洗洗涮涮。

  志下 啊,他刚走呢。
  小实 哦。(冲着原口家的厨房)阿幸,快点儿走了。

| 幸造拎着运动鞋出来。

  幸造 我走啦——
  小实 走啦——
  小勇 走啦。

| 于是三个人一起出发了。

  菊江 (盯着几个孩子的背影,对志下说)哎,太太,今天早晨什么情况——
  志下 确实稀罕,那俩孩子竟然打招呼了呢。
  菊江 怎么回事儿呢?(忽然看向门前大街)来呀,来一下,富泽太太——

| 她招呼着。

115 从胡同里望见的门前马路

| 提着购物篮刚刚穿过去的丰子,听到喊声一下子扭过头来。

丰子　什么事儿?

| 随后她拐进胡同中。

116　胡同

| 丰子走过来——

菊江　哎,太太,林家的儿子,今天早晨小嘴抹了蜜似的。什么情况?

志下　真的呢。早安、早安地问候个不停,怎么回事儿?

丰子　哦,是你们想多了。那家人都特别好呢,太太也很通情达理……

菊江　真的?

丰子　本来就是呢。是你们多心啰——我要去市场,你们要不要捎东西?没有的话我就走了……

| 随后她便走了。

志下　你说,她是怎么回事儿——

菊江　肯定买她家什么东西了,电炉啦或者其他什么的。——若非如此她才不会这样呢。

志下　说得对,真是势利呀。

117　河堤

上学的小实、小勇、幸造——

  小实　（对幸造）喂，你戳戳看。我又进步了哟。

幸造便戳了一下小实的额头。
小实放了个屁。

  小勇　我也要——

于是幸造一戳，小勇也放了个屁。

  小勇　那，阿幸——

说着话便戳了一下，但他没放出屁来。于是小实上场。一次，两次——
就是放不出来。

  小实　不行啊。阿幸你水平下降了。

幸造尽管很努力但还是不行，突然间他神情有异。小实和小勇走了，唯独幸造一动不动。

  小实　（转回身来）怎么了，阿幸？
  幸造　我得回家一趟。

随后他步履蹒跚，别扭地返回家去。

118 车站附近的情景

119 车站月台

│上班装束的节子——
不远处的平一郎,看见她便走了过来。

  平一郎 呀,早安。
  节子 啊,早安。多谢你昨晚帮忙。
  平一郎 没什么。
  节子 要去哪里?
  平一郎 去西银座——
  节子 哦,是吗?那我们顺路……
  平一郎 嗯——啊,天气不错呀。
  节子 确实。这么好的天气——
  平一郎 你看那朵云彩,形状很有趣吧。
  节子 嗯,真的。有趣的形状——
  平一郎 照这情形,好天气还能持续个三两天吧。
  节子 是啊,似乎还能持续几天啊。

120　原口家　檐廊

| 幸造垂头丧气地坐在那里。

121　起居间

| 菊江在做针线活。

　　　菊江　　你简直就是个笨蛋……
| "真拿你没办法",她嘴里嘟嘟囔囔,牢骚不停。

122　檐廊

| 幸造瞥了一眼菊江那边,继而无精打采地垂下头去。

123　庭院

| 高高的晾衣杆上晾晒着男式裤衩。

―― 终 ――

浮草

> 1959年（昭和三十四年）摄制
> 大映东京制片厂
> 现存剧本、底片、拷贝
> 9卷，3259m（119分钟），彩色
> 1959年11月17日公映

职员表

制片　永田雅一

策划　松山英夫

编剧　野田高梧　小津安二郎

导演　小津安二郎

摄影　宫川一夫

美术　下河原有雄

音乐　斋藤高顺

录音　须田武雄

照明　伊藤幸夫

剪辑　铃木东阳

舞台指导　上田吉二郎

杉山　　　　　　　　　　入江洋佑

木村　　　　　　　　　　星光

本间阿芳　　　　　　　　杉村春子

本间清　　　　　　　　　川口浩

剧院主人丸大掌柜　　　　笠智众

小川轩的爱子　　　　　　野添瞳

梅廼家的冈津　　　　　　樱睦子

梅廼家的八重　　　　　　贺原　夏子

客人　　　　　　　　　　菅原通济

出场人物

岚驹十郎　　　中村雁治郎
纯子　　　　　京町子
加代　　　　　若尾文子
志希　　　　　浦边象子
吉之助　　　　三井弘次
仙太郎　　　　潮万太郎
扇升　　　　　伊达正
正夫　　　　　岛津雅彦
矢太藏　　　　田中春男
庄吉　　　　　丸井太郎

01 渔港风景

| 白色的灯塔和瓶子。防波堤。砰砰船。
从船尾看到的灯塔。时值盛夏——
制冰公司旁边。屋顶连着屋顶,屋顶对面
的海岬矗立着白色的灯塔。

02 船码头候船室正门

| 那里挂着一只红色的邮箱。

---

1. 使用热球式发动机的小型船舶。

03 候船室门口

| 相生剧院的戏棚看守德造拉着空排子车到来,然后放下车辕。

04　候船室

| 屋里有四五位候船的男女旅客,还有一位负责船客事务的男性工作人员。
德造进来。

  德造　　嗨,天真热啊。
  工作人员　啊,你好——
  德造　　真够受的啊,这大热的天。

| 说话的工夫,他在护墙板上贴上"岚驹十郎戏班"的海报。

  工作人员　这次演什么呀,相生剧院?
  德造　　就这个呀,歌舞伎。
  工作人员　哦,是武戏呢。——之前演过的脱衣舞很有趣哦。我记得有个穿着粉色裤衩的大屁股女人。
  德造　　这次可没有那些玩意儿,都是名角出演呢。大歌舞伎哟。
  工作人员　真的吗?
  德造　　那是自然咯,从伊那开始一直巡演到天竜呢,

	去过冈崎、刈谷呢，还去过知多巡演，然后才来到这边呢。
工作人员	是吗？那这次还能免费观看吧？
老男人乘客	我记得呀，在很早以前——大概有十七八年了吧，有一次在山田町的新道村看过这位驹十郎的演出呢。
工作人员	是吗？
老爷子乘客	我说，演得还真不赖呀。记得他饰演的角色是丸桥忠弥[1]——这边三合，那边五合的，全部收起来也才三升[2]。
德造	是啊。
老太太乘客	（有点儿焦急）这趟船又要晚点了吗？
工作人员	不会，今天没有接到延误通知，会准时到的。
年轻的乘客	从来就没有准点来过，不是吗？
老太太乘客	可不是吗？
德造	（置身事外）哟，今儿又是个大热天呀……

---

1. 丸桥忠弥（Marubashi Chūya，？—1651），江户时代的浪人，武艺高强，1651年参与倒幕暴动，为主谋者之一，后遭告密被捕，于同年被处死。
2. 此处是歌舞伎《庆安太平记》中丸桥忠弥的台词。合、升是日本传统的度量衡单位。

05　防波堤与白色灯塔

海鸥在海面上翻飞。

能看到联运船正从远方驶来。汽笛声骤然鸣响。

06　海面上

正在航行的联运船——

07　甲板上

热得不停地摇着扇子的乘客们,以及作业中的船员们——

08　船舱内

除了三四位男女乘客外,就是岚驹十郎戏班的男男女女——驹十郎(58岁)、纯子(34岁)、加代(23岁)、吉之助(37岁)、仙太郎(34岁)、扇升(65岁)以及他的孙子正夫(6岁),还有矢太藏(47岁)、龟之助(30岁)、六三郎(58岁)、长太郎(43岁),加上为演员梳头的庄吉(32岁)、文艺部的杉山(25岁)、以及做布场工作的木村(45岁)、舞台伴奏的志希(52岁)——大家都显得疲惫不堪,再加上酷暑难当,他们姿势随意,有躺着的,也有看杂志的。

有船员一人,进入舱内不知取什么东西。

一名乘客　　喂，晚点半天了。

船员　　哪有啊，马上到了。

说完他就出去了。

纯子趁机唤醒正睡着的驹十郎。

纯子　　班主——哎——

驹十郎　　唔……嗯？……到了吗？

纯子　　加代，你带上这个。

加代正要接过递来的包裹，杉山从旁抢了过去。

加代　　老实点儿。

说着她劈手夺了回来。

吉之助　　（将正看着的杂志合上，对杉山说）喂，文艺部，这是你的吧？

杉山　　嗯，是的。

他接住吉之助扔回来的书。

于是，所有的人都开始收拾随身的行李货物，中间夹杂着对话——

纯子　　大家可不要落下什么东西啊。六先生，收拾好了？

六三郎　　嗯。

纯子　　扇升先生，你呢？

扇升　　（由于耳朵背）什么？

矢太藏　（把嘴巴凑近他的耳朵）没忘记东西吧？没、忘、记、东、西。

扇升　　（点头）知道啦。

仙太郎　（哼唱着）不要忘了我哟。

两三人　（齐声唱道）请不要忘记呀……

突然间汽笛长鸣。

从船尾望见的灯塔。

09　波矢[1]的街道上张贴的海报

还能听到汽笛声响。

10　"岚驹十郎戏班"的旗幡

旗幡随风飘扬——

11　十字路口张贴的戏班海报

街头巡演的擂鼓声不时传来——

12　大街上

戏班成员正在街头巡回宣传。伴奏的志希弹着三弦,龟之助吹着单簧管,接下来是正夫、纯子、加代、仙太郎。此外,吉之助和矢太藏这次都装扮上阵,他们一边分发传单一边行进。

矢太藏来到街头。

一群小孩子跟在他身后。

---

1. 波矢应是作者虚构的地名,电影拍摄地实际上是三重县波切。

孩子们　（七嘴八舌地）喂，给我一张。

　　　　给一张传单呗。

　　　　给我，传单！

　　　　喂，给我张传单，小气鬼！

矢太藏　嚷嚷什么呀！（然后对其中一个小孩说）你有姐姐吗？

小孩A　没有。

小孩B　我有！

矢太藏　是吗？（给他传单）多大了？

小孩B　12岁——

矢太藏　呆瓜！

说着取回传单。

在另一处街头，吉之助发着传单走进了"梅逦家"。

13　小饭馆"梅逦家"店内

街头巡回的鼓声刚过去，哗啦一声大门开了，吉之助走了进来。

吉之助　老板，拜托了。

说着他将传单递给正在厨房忙活的老板。

  老板 噢，是相生剧院啊。

  吉之助 正是，请多多关照——

说完就要走。

一边的小房间里住着妓女八重。她穿着无袖贴身长衬裙，身材臃肿却异常风骚，脸上的粉白得刺眼。

  八重 等一下，小哥，是从今晚开始吗？

  吉之助 （只看了一眼便心生厌恶）是呀。

  八重 哦。

边说边抛了个媚眼。

吉之助还她一个媚眼便出去了。

14 梅迺家前面

吉之助出来。

这时，二楼的拉门开了，同是妓女的冈津探身出来。这一位穿着合体的衣裳，身段苗条，长相娇媚。

吉之助折返回来。

吉之助转身仰头看着，试图引诱她。

  吉之助 （冲她点头）你好——

  冈津 今晚我会去看哟——

  吉之助 敬请赏光。恭候大驾哟。

他说话的同时挥着手。

冈津挥挥手。突然，一位乡下官员模样的中年男人现身，紧挨着冈津，随后他一言不发，将冈津拉回屋里，关闭拉门。

"先生，你太太来咯。"

吉之助仰头呆呆地望着，接着他又恬不知耻地进入店内。

15　店内

吉之助进来。

吉之助　　老板，生意兴隆啊。请借我火柴一用——

说着话，他便在地板框处坐了下来，取过放在那边的大盒火柴，点燃一支烟。

老　板　　……

八　重　　请问，怎么称呼您？

吉之助　　锦之助[1]——

八　重　　锦之助？

吉之助　　叫我阿锦哟。

八　重　　哎呀真讨厌，嘻嘻嘻嘻，好讨厌呀。

---

1. 此处名字应是吉之助刻意说谎。

| 这时冈津从二楼下来。

  冈津 老板,再上瓶酒吧。

  老板 好的。

  吉之助 (对冈津)你好。——美女,今晚等你哦。

| 冈津点点头。

  八重 冈津,咱们一起去吧。

  老板 店里怎么办,谁照看店——

| 他嘴里嘟嘟囔囔的。

  吉之助 (对女士们)敬请赏光,等你们哟。

| 说完便起身离开。
| 离开店时他撒出去五六张传单。八重拿起团扇。

  八重 气度不错哦,那个人。

| 她摇着团扇。

浮草

16 街上 理发店"小川轩"前

| 巡回宣传经过这里。

17　小川轩屋里到屋外

| 掌柜在角落里磨剃须刀,他的女儿爱子(22岁)在给顾客刮脸。

  顾　客　(冲着掌柜的方向)真的吗,真是大阪的演员吗?
  掌　柜　你不知道吧,这个戏班里有许多老面孔呢,他们以前也来过这里的。据说从前还曾在道顿堀角座[1]演过节目呢。
  顾　客　真的啊。既然如此,那得去……
  爱　子　别动!再动就伤到你了。
  顾　客　哦哟,吓死人咯。请不要伤害我哟,小爱姑娘。

| 矢太藏拿着传单进来了。

  矢太藏　大家好——恳请赏光。
  掌　柜　啊,辛苦了。

---

1. 位于大阪道顿堀的剧场,据传是承应(1652—1655)时期开设的。1758年由并木正三设计,首次设置了旋转舞台。1945年(昭和二十年)烧毁。

浮草　275

矢太藏　这天真热啊。真够受的。

爱子擦擦手。然后，拿起一边的团扇，吧嗒吧嗒地扇着胸口——

矢太藏　（看着爱子）这位是令爱吧？真漂亮呀。

爱子扭过头去瞪了他一眼。

矢太藏　（不失时机地）你好——给父亲当助手了？了不起呀，真让人佩服呢。（又对掌柜说）爸爸也很宽慰吧？

掌柜　哪里呀……

矢太藏　（忽然看到墙上的营业执照）哦，原来是小川爱子——名字也这么可爱呀。——我说，爱子姑娘，你是独生女吧，父母的掌上明珠哦——（转向老父亲）爸爸也大可放心了。总是要过继个养子吧？（然后又对着爱子）我说，爱子姑娘，既然要选，那就选个好的，你看我怎么样？靠得住哦。

爱子不由得噗嗤一声笑了出来。

矢太藏　（不失时机）笑起来真好看啊。太可爱了，真的。真是太可爱了。

18　相生剧院大门口

| 竖着三四面陈旧的旗幡。两位老人走进去。

19　舞台

| 杉山、志希、仙太郎、龟之助、庄吉等人正在往幕布上装饰道具。

20-a　后台（二楼）

| 大房间的里面连着一个小房间——这里是驹十郎与纯子还有加代三个人共同的房间,房间用一块很是破旧的幕布间隔开。扇升、六三郎、庄吉等人在整理衣箱中的衣物,驹十郎做着化妆前的准备事宜。
这时候上街巡游的一群人回来了。
纯子、加代上楼来。

　驹十郎　庄吉,给我拿杯茶来。
| 庄吉下楼去了。

20-b　楼下 后台

| 庄吉一边用布巾擦着手,一边下楼。

纯子与加代上来。

"我回来了""回来了",戏班的伙伴们打着招呼,"辛苦了""辛苦你们了",大家迎上来。纯子坐到地板框处。

纯子　　哦哟,热死了,热死了。
驹十郎　喂,把我的和服拿出来。
纯子　　要做什么?
驹十郎　拜访一下赞助商。

21　幕后　后台出入口

剧院主人丸大老板拎着一瓶用包袱包着的清酒通过出入口进入后台。
这时,仙太郎恰巧走了出来。街头巡回的一伙人都在。

仙太郎　呀,欢迎光临。请进。
掌柜　　给,拿着。

说着,他递过清酒。

仙太郎　给您添麻烦了。多谢。快请进。
杉山　　这边请。

带着他去了二楼。

22　后台

丸大老板上来了。

六三郎　（见到他）班主，相生剧院的丸大老板来了。
驹十郎　（迎着他）呀，多谢您先前帮忙——请坐。
纯子　（请他用坐垫）请坐这个——
老板　噢……
驹十郎　一晃这么多年过去了……

老板就座。

老板　真是好久不见了。
驹十郎　嗯，这次还要承蒙您多多关照。
老板　上次见面是什么时候？是不是战争刚结束还一穷二白那会儿？
驹十郎　嗯，从那次分别迄今，已经过去十二年啰。
老板　竟有这么多年了？
驹十郎　嗯，弹指一挥间……
老板　（环视众人）换了很多新面孔啊。
驹十郎　唉，毕竟这世道都变了……对了，这位叫纯子……
老板　你好……
纯子　请多多关照……

浮草　279

老板　　哪里。——对了，记得上次……叫什么名字呢——饰演蝙蝠安的那位……

驹十郎　哦，是辰之助吧？他死了，在福知山……

老板　　是吗？什么原因？

驹十郎　脑溢血。

老板　　唔。他是个好演员啊。年纪轻轻的……

驹十郎　——对了，（回头瞅着加代）她就是那位辰之助的闺女……

|加代默默地施了一礼。

老板　　是吗？已经长这么大了。她那会儿就跟个南京豆似的。

驹十郎　可不是吗……

加代　　（问纯子）南京豆是什么东西？

纯子　　就是 peanuts 呀，花生——

加代　　才不像呢。

|这时打前站的木村上来了。

纯子　　（迎着他）木村先生，有什么事儿吗？

|木村落坐。

木村　　嗯。——班主，我马上出发，您还有什么盼咐？

驹十郎　你便宜行事吧。

  木村 杂费还是由对方承担?

  驹十郎 嗯,那样比较好吧。

  老板 下次打算去哪儿?

  驹十郎 呃,纪州的新宫……

  老板 这样啊。

看着木村。

  木村 那我走了。(对丸大老板和驹十郎)告辞,失礼了。

木村往外走,跟仙太郎擦肩而过,仙太郎端着分装在茶碗里的酒进来。

  仙太郎 班主,这是丸大老板带来的贺礼……

然后分发给众人。

  驹十郎 啊,您费心了……

"感谢老板。"大家纷纷说道。

酒全部分发下去后,"那伸出手,击掌祝贺吧……再来一次……祝贺三连……"一人起头,大家一起"啪啪啪"拍手祝贺。

  全体 恭喜。恭喜。

  老板 呀,祝贺。

  驹十郎 恭喜。

23 街上

驹十郎边走边摇着扇子。
有两个女人望着他。驹十郎经过她俩,继续走着。

女人A 他就是这次的演员吗?
女人B 一把年纪了呀。

24 街头拐角

驹十郎转身四下里瞅了瞅,然后拐进小巷。

25 饭店"鹤屋"门前

驹十郎到来,进入店内。
这是一家售卖乌冬面和家常炖菜等的小饭店。

26 店内

店内有一位客人,在土间[1]的餐桌上吃面。

---

1. 没有铺设地板的素土地面或者三合土地面的房间。

驹十郎　　打扰了。

女店主阿芳（45岁）从里面出来。

阿芳　　啊，你来了。

驹十郎　　烫壶酒吧。

阿芳　　好的。

随后便离开了。

客人　　（放下餐费）钱放这里了。

阿芳　　多谢。

目送着客人离开——

阿芳　　（貌似迫不及待）我一直在等你呢。街头巡演刚刚经过……

驹十郎　　（感慨地）好久不见了……你还好吧？

阿芳　　（点点头，招呼他到里面）到那边去，那边通风好。

驹十郎　　哦。那就去那边。

跟着阿芳进了里屋。镜头切断。

（时间稍长）

27　里面的房间

| 驹十郎站着环视房间。

　　阿芳　　（给他坐垫）坐吧。
　　驹十郎　啊，谢谢——还是老样子，真是太好了。
　　阿芳　　你也很健朗……
　　驹十郎　呀，托你的福呢……

阿芳　　分别十二年了。

说着莞尔一笑，打住话头。

驹十郎坐下来。

驹十郎　你一个人，太不容易了……这么多年啊……

阿芳　　记得上次你说犯了肩周炎，好了没有，现在还疼吗——？

驹十郎　我说过这样的话吗？

阿芳　　可不是说过吗？不停地喊着痛啊痛的——
驹十郎　那是有过吧。现在一点儿感觉都没有了。——啊，好凉似水呀。

| 阿芳弄了几样炖菜、小咸菜什么的，放在食案上端了过来。

驹十郎　尽给你添麻烦，多包涵。
阿芳　　没什么好招待的，真是抱歉呢。
驹十郎　哪里，蛮好的。非常感谢。——阿清怎么样了？身体好吧？

| 阿芳"嗯"了一声坐下来。

阿芳　　前年高中毕业了……
驹十郎　这些你都写信跟我说了啊。
阿芳　　哦，我说过了。——现在，他在局里上班。
驹十郎　局——？
阿芳　　邮电局呀。说是临时打打工……其实他想去更高一级的电气学校上学呢……
驹十郎　那多好，值得鼓励啊。
阿芳　　可是，他要是出去上学了，这里就剩下我自己……
驹十郎　也是啊。还真是个问题呢。
阿芳　　不过那孩子，为了这个目标甚至在独自攒钱呢……

驹十郎　是吗?

阿芳　这么想来,不如就由他去吧……

驹十郎　倒也是啊……

阿芳起身去取烫好的酒。
驹十郎从袖兜里拿出烟。

驹十郎　我说……阿清他是怎么想的? 关于我。

阿芳　……

驹十郎　还以为自己的父亲过世了? 还把我当成你的亲哥哥吗?

阿芳不吭声,低眉顺眼地端着酒壶过来。

阿芳　(拿出酒壶)给。

驹十郎　哦。(接过来)

阿芳　我说,这些年你可曾失落?

驹十郎　为什么?

阿芳　阿清的事儿。

驹十郎　即便跟他说了又能怎样呢? 没出息的父亲不要也罢。

阿芳　可是对你……

驹十郎　啊,这事再说吧。

阿芳　可话说回来……

浮草

驹十郎　　别说了。现在这样不也挺好的嘛。

阿芳伤感地低下头。

驹十郎　　——不过对不住你,算了,不说也罢。(指着酒杯)怎么样,喝一杯吧。来吧。

阿芳　　谢谢。

她接过杯子,驹十郎斟酒。

驹十郎　　来,喝吧。

传来大门开启的声音——
两个人都循声望去。

阿芳　　(察看了一下)哦,是阿清。

清进入大门。

阿芳　　回来了。

清(21岁)进来。

清　　呀,舅舅,您来了——
驹十郎　　(满怀感慨)唔。
清　　要知道您老来了,我会更早些回来的。
阿芳　　干什么去了?
清　　请局长指导我学习。

| 说完就要上楼。

  驹十郎　（将手搭在他肩膀上）长大了呀。
  阿芳　可不是，这要是以前，该接受征兵体检了。
  驹十郎　是啊。一准儿能选上一等兵。
| 清再没说话，直接去楼上了。

  驹十郎　（盯着他的背影）孩子都这么大了啊。——（然后对阿芳）咱们能不老吗……
| 阿芳开心地点头。
驹十郎向二楼走去。

28　二楼（清的房间）

| 房间里有组装了一半的无线电接收器以及相关的材料、工具等等。
驹十郎上来。清坐在窗边。

  清　这次舅舅准备待多久？
  驹十郎　视观众的多少而定吧，一年或者半载的。
  清　不会有那么多的观众吧。
  驹十郎　哈哈哈哈（一边笑着，一边将目光转向旁边的无线电），是你自己做的？

清　嗯。

驹十郎　这是什么？

清　啊，不能碰的。——今晚我会去看舅舅的演出。演什么呀？

驹十郎　啊，别去了。不是你们爱看的。

清　那是谁看的呢？

驹十郎　客人们啊。

清　我不也是客人吗？

驹十郎　说的也是，看看倒也可以。不过很无聊的，还是别看了。

清　既然这样，那为什么还要演这种戏呢？演一些更精彩的剧目不好吗？

驹十郎　话虽如此，可是行不通啊。

清　为什么？

驹十郎　再怎么精彩的剧目，现在的观众也看不懂啊。哎，换个话题吧。你还是别去了。——对咯，从前咱俩还一起去钓过鱼呢。现在能钓到什么鱼呢？

清　呃，什么鱼呢？

驹十郎　不管什么都行。咱们再一起去吧。

　　　　清　　太热了呀。

　　驹十郎　　热点儿也没关系。去吧。呐,去吧。就明天吧,呐,去吧。

　　　　清　　那就去吧。

　　驹十郎　　嗯,去,去。

随后他便起身。"说好喽,一定要去。"驹十郎脸上挂着开心的笑容走了出去。

步下楼梯的驹十郎。

29　楼下

驹十郎下来后,笑眯眯地拿起酒壶。

　　阿芳　　啊,这酒凉了吧?

　　驹十郎　　没事儿,很好。(一边斟酒,同时心满意足地说)——说话颇有见地。我都被他驳倒了。

　　阿芳　　(开心的表情)是吗,为什么他都不跟我说呢?

　　驹十郎　　越发聪明了。脑袋很灵光呢。

他满足地端起酒杯,笑眯眯地看着阿芳,一口气喝了下去。

30 当天夜里 相生剧院大门口

观众蜂拥而至。
演出正在进行。在出入口值班的德造精气神儿十足地迎接观众。

德造 嗨——欢迎光临，上客两位——

31　观众席（舞台正面方形池座）

| 形形色色的观众——上座率有六七成。

32　舞台

| 正在上演《国定忠治·赤城山》[1]，演出已近尾声。
　忠治由纯子扮演，吉之助饰演岩铁，仙太郎饰演定八——

  忠治 铁！

  岩铁 在！

  忠治 定八——

  定八 有何吩咐，老大？

  忠治 今夜我将离开赤城山，远离生我养我的国定村，舍弃领地与故园，舍弃尔等心爱的弟兄们，踏上离别的征途。

  定八 如此一说，我这心中颇感凄凉呀。

| 这时，雁叫声声，啾——啾——

  岩铁 听啊，大雁啼鸣，向着南国的天空飞走……

  忠治 月儿也将落下西山。

---

1. 国定忠治（Kunisada Chūji，1810—1851），本名长冈忠次郎，是江户时代后期的侠客，出生地为上野国佐位郡国定村（今群马县伊势崎市国定町）。赤城山，位于群马县，忠治曾在此山中躲藏。

  定八 明天吾将去往何方？

  忠治 信步而行，随心所向，踏上漫无目的杳无终点的旅程。

定八与岩铁 （感慨万分）老大！

| 忠治弓着腰，右手握住刀柄高高擎起，做出一个亮相动作。
 这时，幽咽的竹笛声响起。

  岩铁 圆藏兄长啊……

  忠治 他呀，终究还是眷恋着故乡的天空吧。

| 说着拔出刀（小松五郎刀）。
 竹笛声响，听得越发真切了。
 忠治缓缓地放下举刀的手，往前走了两三步，来到水坑前，用水冲洗佩刀。
 此刻，响起叮咚叮咚的水声。

33 观众席

| 清来了。
 妓女冈津、理发店老板的闺女也都来了。

34 舞台

| 忠治返回舞台正面，换成左手持刀亮相。随从两人，盯着刀尖。
 竹笛声响，仍在继续。

忠治 此乃加贺国人小松五郎义兼锻造的利刃,需用万年积存的雪水濯洗干净……(抱着刀)吾此生最为强大的伙伴……

随后将刀伸到岩铁面前。
岩铁从衣袋里拿出纸擦着刀。
再次响起大雁的叫声,啾——啾——

忠治 啊,大雁也飞走了。

鸟鸣声声,嘎嘎。

忠治 鸟儿也要飞走吗?

此时,舞台右方唱片伴奏声起:
"乌鸦为什么哀鸣,乌鸦还在大山里。"
梆子声敲响,闭幕时间到了,从观众席上,香烟、奶糖、赠金等被纷纷地扔到舞台上。
"因为有七个可爱的孩子哟。"
在响脆的梆子声中大幕拉上。

35　幕后(舞台)

纯子退回休息室,吉之助与仙太郎留在舞台上收集四处散落的香烟、奶糖以及赠金等。
只穿着纯白纺绸的矢太藏出来,透过幕布的缝隙望向观众席。

矢太藏 (对两个人说)喂,你们看,那边那个,就是理

浮草　295

　　　　发店老板的姑娘——
│于是两个人也偷偷地望着。

　　吉之助　哪一个？
　　矢太藏　那边那个头戴手巾的老太太，看到了吧？就在她身后呢，瞧，在吃夹馅面包呢……
　　仙太郎　哦，嘴巴好大呀……

36　观众席

│理发店的爱子与父亲并排坐着，吃着夹馅面包。

37　幕后

│仙太郎与吉之助——

　　仙太郎　（对吉之助）喂，你相中的是哪一位？是不是没来呀？
　　吉之助　来了呀，在那边呢，穿着竹子花纹的夏衣吸着烟——

38　观众席

| 身穿素色单和服的冈津吸着香烟。

39　幕后

| 仙太郎与吉之助——

　　仙太郎　　这么漂亮的女人啊,真是稀罕啊。——我的是哪位?
　　吉之助　　(四下看看)你那位没来啊,不过,更可人呢。只是不合我的口味。
　　仙太郎　　是吗?我都迫不及待地想见她了。
| 在他们背后,大家正为下一场的舞台装饰忙碌着。

40　后台(二楼)

| 扇升是白发掌柜的扮相,正夫扮演小徒弟,六三郎一身武士打扮,伴奏的志希正调着三弦琴的音调。
　驹十郎与加代只穿着纯白纺绸,纯子解开忠治的假发,去掉袖套、绑腿。

驹十郎　（对纯子说）收了不少东西吧？上座率怎样？

纯子　凑合吧，有七成。不能只看第一天哦。

驹十郎　总之，演着看吧，行情会越来越好哟。

纯子　真那样就好了……

加代　没问题的。咱们在刈谷那会儿，不就是这样嘛。姐姐最近经常畏首畏尾的呀。

纯子　并不是呢。

驹十郎　不必担心了。尽力而为，听天由命。尾巴一准儿上翘呢，哈哈哈哈。

这时梆子响了两声。

加代急忙做着上场的准备。

41　次日　梅迺家附近的街道

42　梅迺家

坐在小房间的餐桌前，吉之助一个人小口小口地喝着酒。

冈津拿来刨冰，边吃边问道——

冈津　——呐，自那以后，你跟国定忠治去了哪里？

吉之助　　隐居在赤城山了呀。

冈津　　我是问隐居之后呢?

吉之助　　你这都不明白吗? 不是来你这儿了?

冈津　　真讨厌,你这人——

吉之助　　没那么讨厌吧? 不讨厌……啊,他来了。

|仙太郎到来。

老板　　(在厨房里招呼)欢迎光临。

|仙太郎大大方方地"噢"了一声,直接去了小房间。

仙太郎　　哟……

冈津　　欢迎光临。

吉之助　　坐这边来。

|吉之助让座给他,然后另坐下来。

仙太郎　　(接受)真够热的,你瞧,这么多汗——(环视左右)怎么回事儿,不在吗?

吉之助　　急什么,马上就来了。班主在干啥?

仙太郎　　刚出去了。

|里屋有些动静。

冈津　　(冲着里面)八重,快点儿。——客人等着呢。

浮草　299

随着一串笑声，八重挽着裙子就出来了。

  八重 啊啦，欢迎光临。（坐下）你好。
  仙太郎 （小声问吉之助）就这位？
  吉之助 （点头）不喜欢吗？
  仙太郎 开什么玩笑！

吉之助举杯喝酒。

  吉之助 不行吗？
  仙太郎 不要捉弄人！
  八重 我说，你俩嘀咕什么呀？把头转过来哟。
  仙太郎 （瞅了她一眼）完了，怎么觉得凉飕飕的。
  八重 那就喝一杯吧。
  仙太郎 （没办法只好接受）阿吉，你这种男人还真是黑心烂肺啊。我看走眼了。
  吉之助 什么？
  仙太郎 装什么蒜呀。

随后他喝掉杯中酒，八重马上娇滴滴地靠他身上，说着"来呀"，又给他斟上酒。

  仙太郎 （越发郁闷了，冲着吉之助）喂，你看仔细喽，不难过吗？

八重　　阿哥，你为何难过呢？

仙太郎　别说话。我乡下的老妈死了。

八重　　真的？

仙太郎　糟了，浑身发冷啊。

这时大门咔嗒一声开了，矢太藏进来。

吉之助　不至于吧。

老板　　欢迎光临。

矢太藏　（站在地上）呵，在这儿找乐呢。

吉之助　喂，不上来坐坐？

矢太藏　（依然站着，问冈津）美女，怎么称呼啊？

冈津　　津子——

矢太藏　好名字呀。——（然后看了一眼仙太郎和八重）我说，阿仙，你眼光真不赖呢。真会享受啊。——那我也找乐子去了。再见。

冈津　　回见。

矢太藏出门走了。

八重　　再来呀！

吉之助　（对闷闷不乐的仙太郎说）喂，阿仙，仙太郎先生，怎么样了？

仙太郎突然拿过酒杯，做出忠治手持"小松五郎刀"的亮相——

浮草　301

仙太郎　　（模仿忠治的语调）我有你这么强大的伙伴……
　　　　　　（接着高声力喝道）喂，上酒来，酒！上酒！上酒！

43　理发店"小川轩"

| 矢太藏进到店里来。
　店里只有爱子一人——

　　矢太藏　你好。
　　爱子　　欢迎光临。
　　矢太藏　今天爸爸不在吗？
　　爱子　　他去行会了。
　　矢太藏　是吗？天气可真热啊。
| 说着他脱下木屐走上前来。

　　爱子　　你找我爸爸有什么事儿吗？
　　矢太藏　你爸爸怎么样都行吧。我就是想看看你,嘿嘿嘿。
　　爱子　　下流！
　　矢太藏　是真的呀，爱子。不信你摸摸看，我的这颗心。来吧！
| 说着就去握爱子的手。

爱子　　（吓了一跳，大声呼救）妈妈！妈妈！

"怎么了？"爱子妈妈喊了一声从里屋现身。妈妈看上去蛮凶的。矢太藏不由得一哆嗦。

爱子妈妈　　怎么啦，你要干什么？

矢太藏　　（惊慌）没，那个，能刮胡子吗？

爱子妈妈走过来。

爱子妈妈　　——（招呼矢太藏去理发台前，并对闺女说）
　　　　　　爱子，你去里屋。

爱子于是进了里屋。
矢太藏立在原地非常痛心地望着爱子的背影。
妈妈去取剃须刀同时说道："请吧。"

矢太藏　　（难堪地摸着自己的下巴，一个人嘟囔着）还没
　　　　　怎么长出来呢……不刮也行啊……还是别刮了吧。

爱子妈妈　　（返回来）坐下。

矢太藏　　（感受到威慑）哎，多谢。

随后他便坐到理发椅上。
爱子妈妈在手掌上试着剃须刀的刃口。

44 码头

驹十郎和清坐在柑橘箱上垂钓。
驹十郎叼上一支烟点着火。

清	舅舅,鱼根本就不上钩啊。
驹十郎	急躁可不行啊。鱼马上就来吃了。——头不热吗?(递给他布手巾)把手巾搭头上。
清	没事儿。——(转变话题)话说,舅舅,是不是过于做作了?
驹十郎	你指什么?
清	你们的剧。眼睛有必要瞪那么大吗?
驹十郎	你懂什么!那种情况就要那样做。
清	不过呢,丸桥忠弥之类的可是一点儿社会性也没有,不是吗?

驹十郎　所谓的社会性是什么？

清　　与当今社会的关联。

驹十郎　胡说八道什么！丸桥忠弥可是古人啊！

清　　喊，舅舅这样可是不行的。老古董了……

驹十郎　哼，自以为是！你懂什么。虽然古老，但很好啊，实际上观众们也都喜闻乐见啊。

清　　　只要观众高兴就够了吗?

驹十郎　　还是打住吧。歌舞伎的话题,不讨论也罢。——(拉起鱼竿)快看,鱼饵又被吃光了,是不是啊?

|清嘻嘻地笑着。

驹十郎　　(一边挂鱼饵)你是不是想继续读书深造啊?

清　　　嗯。

驹十郎　　喂,我是赞成你读书的,不过,你上学后家里就剩下妈妈一个人,是不是怪可怜的?

清　　　嗯呀。

驹十郎　　不见得是好事。站在你妈妈的立场想想。——多好的妈妈啊。

清　　　妈妈都同意了。不必说了,舅舅。

驹十郎　　不见得多好。别让妈妈吃苦头。多好的妈妈啊。

|清不作声,提上鱼竿看了看,然后又扔进水里。

45　近黄昏　相生剧院　后台洗澡间外面

|烟囱里升起烟雾,长太郎在扇着炉门。看来火烧得不旺,浓烟滚滚。

长太郎　　啊,呛死人了。——大姐,洗澡水怎么样啊?

46　后台洗澡间

│纯子在洗澡。

   纯子　　谢谢了,水温正好呢。我马上就好……

47　舞台里面(洗碗池处)

│晚餐准备中,伴奏的志希在切萝卜,发型师庄吉刷着饭碗。

48　后台(二楼)

│扇升在看旧杂志之类的东西,在他身边,正夫一个人在拍洋画[1]玩,六三郎与龟之助两个人对战花牌,矢太藏观战,文艺部的杉山在看一本袖珍书,还时不时地偷瞄一眼对面织毛线的加代。这时刚洗完澡的纯子上来了。

   纯子　　洗个澡真舒服……(然后对加代)班主还没回来?
   加代　　嗯。
   纯子　　他会去哪儿呢?
  矢太藏　　班主不是去钓鱼了吗?
   纯子　　(疑惑不解)钓鱼?

---

1. 儿童游戏的一种。在圆形或者方形的纸片上绘有图画,可供数人在地面上拍打,将他人的纸片拍翻或者插入其下者为胜。

矢太藏　嗯，我正在理发店刮胡子呢，看到他跟一位年轻男子走在一起，拿着钓鱼竿。

纯子　哪个年轻男子？

矢太藏　你不知道吗？据说在邮局工作。——我从镜子里看到的。

纯子　是吗，你的脸是怎么回事儿？

矢太藏　这个……出了点儿状况……在理发店……

纯子　是吗……（疑惑的表情）——那加代你先去洗澡吧。

加代　好的。那我去了——

随后她将手上织的东西收拾好起身走了。
加代拿着肥皂盒、毛巾出去。
杉山痴痴地盯着加代的背影。
志希上楼来，跟下楼的加代擦肩而过。她将小饭桶和盛有菜肴的托盘放到纯子等人的房间，然后面向众人——

志希　喂，饭做好了。开饭啦，开饭啦——

正夫　（对扇升）爷爷，吃饭喽，吃饭——

扇升　哦。

大家各自拿出自己的筷子，有人还拎着罐头或者瓶装食品，"先去吃了"，他们对纯子打着诸如此类的招呼下楼走了。
驹十郎和吉之助、仙太郎正一块儿往楼上走。
房间内只剩下纯子一人，她坐在梳妆台前，抹着雪花膏之类的东西，不一会儿她听到动静转过身去。

纯子　　回来了——

驹十郎　哦。

纯子　　这是去哪儿了?

驹十郎　哦,跟大家在一块儿呢。

纯子　　钓着了?

驹十郎　什么?

纯子　　鱼呀。

驹十郎　噢……

有点儿不自然。

纯子　　阿吉,你怎么样?钓着了?

吉之助　欸?——嘿嘿嘿嘿,这家伙(手指仙太郎)钓了一头河豚。又肥又大的河豚啊,大丰收哎。真走运啊。

仙太郎　(哭笑不得)别开玩笑了。

两个人拿着筷子说说笑笑地下楼去了,纯子立刻转向驹十郎——

纯子　　你当真跟他们在一块儿?

驹十郎　什么……

纯子　　他们俩呀。

驹十郎　(没有防备)啊……

纯子　　(盘问的语气)你去哪儿了呢?

驹十郎　钓鱼呀。

浮草　309

纯子　是吗？——他是谁呀——跟你一起的那个年轻人？

驹十郎　嗯？——哦，他是赞助商的公子呢。

纯子　在邮局工作？

驹十郎　这些话，你听谁说的？

纯子　听谁说的并不重要吧。

驹十郎　那倒也是……（随后嘀咕道）谁这么多嘴啊。

纯子　你可不要介意啊。

驹十郎回过头来。

纯子　（试探般地）干吗要那样？有点怪怪的。

驹十郎　你指什么？

纯子　……装糊涂吗……

驹十郎　（仿佛刚回过神来，故意装糊涂）什么啊，噢，知道了，你吃醋了？啊哈哈哈哈，跟个傻瓜似的，算了吧，快打住，啊哈哈哈。有你在我身边，那种事儿怎么可能啊。你傻啊，我都这把年纪了，不是年轻那会儿了。你明白吧，懂了吧……

纯子　呸……说得倒好听。

纯子不上他的当，吃完饭默默地瞅着别处。看她这般模样，驹十郎脸上的笑容也逐渐黯淡下去。

49　郊外的沙丘

沙丘上并排的石佛。

50　冰店

老板在修补渔网。

在冰店门口,纯子与扇升,两个人说着话。

> **纯子**　你是知道的,对吧?是不是呀,喂,说给我听听——放心吧,我绝不会出卖你。喂,我保证不对任何人讲,行不行呀,说话呀,他有什么秘密?
>
> **扇升**　(望着正夫的方向)喂,小正,当心点儿——

51　商店门前

正夫待在石崖上面。

52 冰店

| 正夫望着扇升。

纯子 （追根问底）你跟班主是老交情了，你肯定知道的，对吧？我还不认识他的时候你就跟着他了……说呀，说给我听听，行不行啊？
扇升 （小声嘟囔）……真让人左右为难啊……
纯子 什么事儿为难你了？
扇升 ……
纯子 到底有什么？我说，为什么为难？
扇升 （低声自语）……踏上这片土地……（嘟囔着）就注定了一世的缘分……
纯子 是这样啊……果然不出所料……喂，她是哪里的？是谁呀？
扇升 ……
纯子 她是干什么的？说呀，她是怎样的人？
扇升 （低声自语）你去问六三郎好了。
纯子 六先生清楚吗？那好吧，六先生也知道啊。

| 纯子陷入沉思。

53　那晚 相生剧院的观众席

稀稀拉拉地坐着三四十位观众——

54　舞台

唱片播放着流行歌曲,加代表演舞蹈。正夫也装扮上场,跟着乐曲跳舞。

55　后台(二楼)

吉之助、仙太郎、矢太藏、扇升等人,大家都在着手准备下一幕剧。庄吉在打理发型。
驹十郎在化妆,纯子一边整理衣裳一边跟他说着话。

　　纯子　还满意吗,班主——?
　　驹十郎　什么?
　　纯子　这样的上座量——(半带牢骚)为什么要来这种地方啊……

驹十郎眼光犀利地瞅了她一眼,然后默默地画眉。
六三郎从楼下上来,干咳一声,提醒纯子注意。
纯子回头看过去。
六三郎以眼色示意她跟过去,然后他又去了楼下。
纯子不动声色地起身,跟着他下楼。

浮草

56 幕后（后台）

六三郎走下楼梯来到后台等着纯子。
少顷，纯子到来。

  纯子 什么事儿，六先生——？
  六三郎 （压低声音）她来了。
  纯子 是吗？

纯子跟在六三郎身后走着。

57 末座的伴奏房间

六三郎和纯子到来。

  六三郎 （透过格子窗窥探观众席）那个就是。
  纯子 哪一个？
  六三郎 对面角落，柱子前面……摇着团扇的……

交代完毕他便回去了。

58　观众席

| 阿芳在看表演。

59　伴奏房间

| 静静地窥视阿芳的纯子。

60　观众席

| 阿芳——

61　伴奏房间

| 纯子——

62　舞台

| 正在跳舞的加代——

63 幕后（后台）

| 六三郎孤零零的一个人——
　纯子返回来。

  纯子　　六先生，谢谢。
  六三郎　　哪里……

| 六三郎看上去还是有些内疚。
　纯子正要走开，忽然察觉到六三郎的异样，于是——

  纯子　　我先回去了，再见。
  六三郎　　嗯……

| 于是纯子去了二楼。

64 后台（二楼）

| 纯子上来。
　大家差不多都准备完毕，驹十郎也正在穿衣裳。纯子坐下来。

  纯子　　（不开心地自言自语）哼，欺负人。
  驹十郎　　（责问）怎么了？
  纯子　　哪儿哪儿都不对。
  驹十郎　　刚才你就一个人嘟囔个不停，唠唠叨叨的……
      无论怎么努力，客人就来这么多，没办法啊（接

　　　　　着看看外面）——（忽然侧耳倾听）哦，是不是下雨了？

仙太郎　嗯，滴滴答答地下着呢。

驹十郎　是吗？屋漏偏逢连夜雨啊。

纯子　唉，真是报应不爽呀。

驹十郎　搅和什么。你这么唠唠叨叨的有什么用啊。适可而止吧，我也头痛呢。

纯子　（一股脑儿吐出来般）哼，当然啦！从一开始不就知道嘛！

| 纯子粗暴地把什么东西扔了出去。

驹十郎　（大声喝道）喂，闹够没有！

| 然后，忽然看过去，只见大家伙儿正盯着他们两个，见他看过来慌忙移开目光。其中，扇升似乎有些不安，他站起来走掉了。
| 驹十郎与纯子有点儿难为情，闭口不语。
| 纯子心烦意乱地继续化妆。

65　后台的窗户

| 雨不停地下着。

66　次日"鹤屋"楼下的房间

屋外阴雨绵绵。

67　二楼（清的房间）

清与驹十郎在下将棋[1]。
驹十郎思来想去下出一步棋。
清跟了一招。

  驹十郎　呀，这下糟了。你等等。
  清　又要悔棋？
  驹十郎　这样……（边思考边说）这么走……上这儿……这样……啊，走这儿！

于是走出一子。

  清　考虑好了？
  驹十郎　妥了，没问题了。
  清　（走出一步）将！
  驹十郎　啊，等等。这样不行，容我想想。
  清　不行！

---

1. 盛行于日本的一种棋类游戏。

驹十郎　且慢，且慢。（说着拿走清的棋子）呃……这么跑……这边过来……啊，不行啊……这样走……到这儿……啊，这样也不行啊……这样走……

清　你咕哝什么呀，快下，快下。

驹十郎　啊，且慢，且慢。……来这里……这样……到这里。

清　快下，快下。

驹十郎　好了好了，稍等，就这样。

| 走出一子。

68　楼下（里面）

| 阿芳脸上挂着欣慰的笑容，她一边留心二楼的动静，一边整理饭后餐桌。

69　店里

| 纯子从大门口进来。
　阿芳从里面出来。

阿芳　欢迎光临。

纯子　烫壶酒来。

阿芳　好的。

转身正要走开。

纯子　喂，老板。

阿芳　（转过身）怎么啦？

纯子　我们班主有没有过来？驹十郎——

阿芳　哦，他在。

纯子　请喊他出来一下吧。

阿芳　好的。

她来到楼梯口，正要招呼，却不知该如何称呼，于是直接上楼去了。

70　二楼　清的房间

正下着将棋的清和驹十郎——
阿芳现身。

阿芳　你来一下——

驹十郎　怎么了？

阿芳　有人找你。

驹十郎　谁呀——

| 阿芳直接下楼了。

  驹十郎　（对清说）等我一会儿,我不会输的。
| 说着起身。

   清　噢,偶尔也得让你赢一两次吧。
  驹十郎　笨蛋——刚才就是给你点儿甜头尝尝,输赢不好说哦。
| 随后他笑眯眯地下楼去了。

71　店里

| 纯子坐在那里等着。
 驹十郎来到,看到她,一下子愣在当场。

  驹十郎　怎么了?有什么事情?
| 纯子的脸上浮现一丝冷笑。

  驹十郎　你来做什么?
   纯子　不能来吗?
  驹十郎　干什么?
   纯子　你说的赞助商,就是这里的女老板吗?

浮草　323

| 随后她站起来要去里屋。

　　驹十郎　（拦住她）你要去哪儿?
　　　纯子　去道谢呀，跟你的赞助商。
　　驹十郎　站住!
| 纯子甩开驹十郎的手就进去了。

72　里屋

| 驹十郎阻止纯子。

　　驹十郎　喂，等一下!
　　　纯子　难道不行吗!怎么了——（对阿芳）老板，真
　　　　　　是承蒙您照顾了!
　　驹十郎　喂!给我回去!还不走!
| 说着上前拖住她。

　　　纯子　（冷冷地甩开他的手）你干什么呀!
　　驹十郎　喂!
| 这时清从二楼下来。

纯子　（看到他）请问，你是店家的公子吗——？

驹十郎　喂，还不住口！

纯子　你父亲是谁？是做什么的？

驹十郎　喂，胡说什么，喂！

纯子　你急什么急！（对阿芳）有这么优秀的儿子，老板娘还真是充满期待啊！是不是呀，老板娘——

驹十郎　喂，混账东西！

纯子　有什么不对吗！

驹十郎　滚回去！快滚！

随后他强拉硬拽着纯子往外走。
纯子被驹十郎推搡着，怒气更甚。

纯子　我还有话要跟这娘俩说呢！放开我！松手！放开！

驹十郎　混账！搅和什么！走！

强拖硬拽地，将她拉了出去。

73　里面的长镜头

茫然地望着店面的清，终于将目光转向阿芳。
阿芳始终坐在地板框处，一动也不动。手里拨拉着豆子。

74　有仓库等屋舍的巷弄

|站立雨中,驹十郎和纯子怒目相向。

驹十郎　你这个蠢货!混账!你嚣张什么!给我老实点儿!

纯子　你做的好事!

|大街上有人走过。

驹十郎　(见状猛然松开她)你这个不知耻的东西!滚开!

|纯子气喘吁吁地回瞪着他。

驹十郎　你冲那对母子发什么牢骚!我去看自己的儿子有何不妥!见儿子怎么就不对了!你发什么牢骚!有什么不满!有就尽管说!蠢货!

纯子　(怒目而视)呸,你有什么了不起!也就会花言巧语吧!

驹十郎　呸,你这个婊子!

纯子　你怎么可以说这种话!怎么可以这样说我!

驹十郎　什么东西!

纯子　难道你忘了,在冈谷那会儿!你以为是谁帮了你!在丰川时还不是一样吗!哪次有难你不是一个劲儿求我,向我低头!

驹十郎　胡说八道!

纯子　　哼,要是没有我,你会怎样,想过没有!正因为每次都是我出面向老板们哀求,才好不容易走到了今天。过分自大的话就不必说了!

驹十郎　一派胡言!

纯子　　不要欺人太甚!你以为你是谁!

驹十郎　你说什么!胡扯什么!你是什么货色!你说!好好想想从前!你不过是山中温泉[1]的一头蠢货罢了!因为恋慕我,这才时来运转。你以为你能独当一面,是沾了谁的光,是谁!忘恩负义,畜生不如!蠢货!混账东西!没有我多方提点你,你这种东西,能有今天的风光吗!跟我扯那么多,混账!大蠢货!

纯子　　谁是蠢货!你才是蠢货呢!难道不是你吗!

驹十郎　别再胡扯了!

纯子　　胡扯又能怎样!

驹十郎　那好吧……我跟你的缘分从此一刀两断!再也不要跨进这个门槛!

纯子瞪着他。

驹十郎　我的儿子,跟你们这些人,人种不同,人种懂吗!

---

1. 日本地名,位于石川县加贺市。

你搞清楚些，蠢货！不要胡说八道！混蛋，蠢货，蠢死了！

| 雨水顺着檐沟流出，狠狠地砸落下来。

75　那天夜里　相生剧院　观众席

| 上座量特别差，零零散散的十四五位观众——

驹十郎　（只能听到台词）呃，太夸张了，安静点吧。正如世间比喻的那样，大恶之人，若真心悔过，亦能有大善之举。不忍父母的哀叹，为了挽救女孩的性命，数寄屋坊主宗俊[1]怀揣妙计，隐身灰墙小巷，亏得生来脑瓜浑圆，便披上袈裟扮作高僧……

76　幕后（后台）

| 对白不断传来——
扮作武士的演员们坐在折凳等东西上面，等候上场。

---

1. 指河内山宗俊（Kōchiyama Sōshun，？—1823），原名河内山宗春，生于江户时代晚期，"数寄屋坊主"是其担任的官职名，是为将军或幕府官员管理茶事茶器等的身份低下的人。以他的故事为原型创作出许多歌舞伎、影视剧作品。

矢太藏　我说，观众来得也太少了吧？

吉之助　这种上座率看着就头痛啊。

仙太郎　又要遭罪了。

矢太藏　南无阿弥陀佛……

77　二楼（休息处）

纯子与加代分别以歌舞伎《野崎村》[1]中阿光与阿染的扮相，坐在镜子前。

纯子　——哎，加代，我有件事情拜托你呢。

加代　（看着纯子）什么事儿？

纯子　这里的邮局里，有个年轻的小伙子，叫作清，他人可是很帅呢——

加代　是吗？——那又怎样？

纯子　是这样……

说着她递过去一千块的纸钞。

加代　这是做什么？

纯子　你收着就是。

---

1. 歌舞伎世态剧的经典剧目。

加代　什么事儿呀？

纯子　你去见见那个人，设法引诱他吧。

加代　引诱？

纯子　你出手的话他肯定会上钩哦。拜托了。

加代　（笑起来）这种事情，怪讨厌的。

说着将纸钞推回去。

纯子　我说的是正经话呢，加代——

加代　可是，那种从没见过的人——

纯子　（不高兴）这么说，算了。既然不愿意那就当我没说。——不值得托付的人啊。

加代　可是姐姐——

纯子　不必说了。算了吧。

装腔作势地把身子扭向一边。

加代　（对此有些在意）……我能行吗？这种事儿……

纯子　（转过身来）没问题呀。那就拜托你咯。你只要嫣然一笑，露出洁白的小牙，什么好男儿都会拜倒在你的石榴裙下呢。

加代　嘻嘻，会有这么好的事儿吗？说不定搞砸了呢。

纯子　（很满意的样子）肯定行，没问题——

加代　可是，姐姐，为什么呢——？

舞台方向传来闭幕的梆子声——

浮　草

纯子　就这样。别说了。就看你的本事喽。先把钱收好——

加代　我收了,谢谢。

纯子　那就明天吧。

加代　嗯,我试试看。

然后两个人对着镜子开始补妆。

78　次日　镇上的邮局

鼠尾草花开得正盛。
时钟指向两点多。
清正在工作。
大门开了。加代进来。

加代　请给我一张电报纸——

"好",清应答一声将纸递给她。

加代　铅笔借我用一下。

清　旁边有钢笔。

加代　我不会用钢笔。铅笔,借我呗——

清　(递给她铅笔,同时说)我看过你演的戏。

加代　是吗?(莞尔一笑)你是叫清吧?

清　(意外的表情)你怎么会知道我呢?

  加代 （面带微笑，在电报纸上写着什么）我都知道呢。打听的呗。——（写完交给他）给，拜托了。

  清 （阅读）情出来一下——

  加代 不对，是"请"。

  清 收信人姓名？

  加代 （小声说）就是你呀。

说完她嫣然一笑走了出去。
清盯着她的背影，过了片刻他站起来，跟对面的总机话务员同事说道。

  清 两角君，拜托帮我照看一下。

  两角 好的。

清走出大门。

79 邮局前面

加代正在邮筒后面等着他。
清出来。看到她。

  加代 （轻快地走到他身边）今晚，演出散场后，你到戏棚门口来。我等你哟。

说完她莞尔一笑转身离去。
清一动不动地注视着她，正要返回邮局，再一次转身，呆呆地望着她的背影。

80 当天晚上 鹤屋廊子上悬挂的岐阜灯笼[1]

远景刻画。
通往二楼的楼梯。

81 清的房间（二楼）

坐在书桌前思考的清——似乎心思迷乱。他拿出镜子，端量着镜中的脸庞。
然后拿定主意站了起来。
他走下楼去。

82 楼下（里屋）

清下来。

   清 妈妈，我出去一下。
  阿芳 什么事儿呀，都这么晚了——
   清 有东西忘在邮局了。

说完他趿拉着木屐出去了。

---

1. 日本岐阜县岐阜市特产的灯笼，是岐阜的传统工艺之一。

83　店里

| 清脚步飞快地往外走。

   客人　喂，给我上碗乌冬面吧。
   阿芳　好的。

84　路上

| 清走着。

85　相生剧院正门外

| 已经散场，不见人影，黑咕隆咚的。
 清到来。

86　入口内

| 清偷偷地向里面窥视。
 于是，他看到了加代正站在里面，用下巴示意他过去。
 清脱掉木屐进去。

87　剧院内　观众席的走廊

空荡荡，黯淡无光。
加代站在那里。清走过来。加代面向清。

　　　加代　你来了呀？还以为你不会来呢。

清没吭声，有点儿腼腆。

　　　加代　（拉着清的手）你在发抖吗？

加代靠近他。

　　　清　——

加代贴近他。

　　　加代　我也是呢，你摸摸看，这里——

她刚将清的手放到自己的胸口上，便一下将其拉到怀里亲吻起来。
清茫然不知所措——
加代松开嘴唇，离开他三两步远，继而看着他，笑靥如花。
清定定地看着她，终于鼓起勇气走过去，一把抱住加代，两个人激烈地拥吻起来。
空落落的舞台上，有四五张纸雪花翩翩飞落。

浅草

88　沙丘

大约两天过后,日子晴好,天空蔚蓝,大海蔚蓝。
好像是来海边游泳,吉之助、仙太郎、矢太藏一伙儿,与长太郎、杉山、龟之助一帮人在海边悠闲地休憩。
远处还有两三人,在大海里游耍。

　　杉山　　啊——啊……多么忧伤的蓝天啊……
　　长太郎　　呸,感慨什么呀。此刻我就想吃大块的炸猪排啊。
另一边——

　　吉之助　　喂,肚子饿了。
　　仙太郎　　嗯,我好想就着炸虾或者其他美味,咕咚咕咚地喝着冰镇啤酒啊。
　　吉之助　　呃,还要有电风扇转着圈儿地吹着。——真的有人在吃吧?
　　矢太藏　　(忽然想起什么)对了,半田的那个女人给我寄明信片了,绘画明信片——
　　仙太郎　　我也收到啰。
　　吉之助　　哦,是这儿长着黑痣的那家伙吧?我也收到了呀。
　　矢太藏　　什么呀,三兄弟都有份啊,傻乎乎的。
　　吉之助　　(对矢太藏)喂,方才理发店的那个女孩吧……
　　矢太藏　　啊,不要再提她了。她不行。(抬头看着天)不可以呀。

仙太郎　　话说，咱们班主还真能沉得住气啊。

吉之助　　他能去哪儿呢？班主，这一天天的——他经常出去，不是吗？

仙太郎　　虽然不知道他去哪里，不过大姐很是焦躁不安呢。

矢太藏　　打前站的木村怎么回事儿——自从去了新宫，怎么就音信皆无？

仙太郎　　可不是，一去不回头呢。

矢太藏　　怎么办啊……

吉之助　　会不会不回来了？回来的话应该早就来了吧。

仙太郎　　要是那家伙真不回来怎么办？可千万不要重蹈丰川的覆辙。

| 矢太藏与吉之助两个人都"嗯"了一声，表情凝重起来。
远处传来飞机的轰鸣声——

吉之助　　（仰望天空）不要飞到那边去——飞这边来呀，投点冰啤酒下来吧。

| 抬头望天的三人——

89　同一时间　后台休息处

| 扇升、正夫、六三郎几个人正在午睡，纯子趴在那里，摇着团扇想着心事。

浮草　341

90　同一时间 从海边看到的山丘

清与加代坐在那里。

加代　不太好吧——我们这样每天见面……
清　……
加代　没问题吗？邮局那边——
清　放心吧，我拜托好了才过来的……你没事儿吧？
加代　嗯，已经没戏可演了。
清　观众们为什么都不来了呢……

加代的神情比刚才更严肃，看上去还有一些悲伤。

加代　咱们很快就要分别了……
清　……
加代　哎，明年这个时候你会做什么呢？
清　打住，别说这种话。
加代　你肯定会娶一房漂亮媳妇。
清　（直截了当）我不会。
加代　为什么？
清　（迷恋的神情）你会怎样呢……（热切地拉住她的手）你怎么想的！

说着拉她入怀。

加代　不要，别这样。

说着拂开他的手离开。

清　（走近她）怎么啦，谁也看不见，不是吗？

加代　不行的。

她松开握紧的手。

清　为什么就不行呢？

加代　（脸扭向一边面带悲戚）我不是个好女人呢。（转过来看着清，满脸泪水）是那种不值得托付的女人。

清　胡说什么！

加代　最初，我是想骗你上钩呢。

清　——？

加代　我明明根本不认识你，只是姐姐央求我，去约会你……原本我想着只要骗你上钩就行了呢。

清　我才不理会那些事情！最初是怎么回事儿，怎样都无所谓！你怎么想的，哎！

说着便拥紧加代。

加代　不行，不行！——不行的，我这种人不配做你的爱人！

说着便逃开。清追上她。

91　船的背面

清抱紧加代激动地亲吻她，加代终于用手搂住了清的脖子。

92　当天傍晚　从鹤屋里面看到的店面情景

驹十郎坐在矮脚餐桌前想着心事。
桌上有酒。
阿芳在厨房里新烫着一壶酒。

  阿芳　（担忧的表情）——派去打前站的到底怎么回事儿啊。难为你啦……

  驹十郎　唔……（自己斟上酒）还承蒙丸大掌柜的诸多关照啊……这下麻烦了。

  阿芳　确实啊……

  驹十郎　如意时千般美好，落难时万种艰辛呀。哈哈哈，生意本就这么无奈呀……（忽然转变注意力）阿清怎么还没回来？

阿芳看了看挂钟。

  驹十郎　太晚了……应该早点儿回来呢……

  阿芳　（微笑）一定又去学习了，最近两三天每天都回来很晚呢。

  驹十郎　那就没办法了，不过眼下还能见到他……就想趁现在尽可能地多见他几面……一切皆是命啊。

阿芳陡感凄凉，于是斟酒。

  驹十郎　唉……（接受斟酒）再过不久又要分别了……

  阿芳　这次去新宫？

驹十郎　原本是这么打算的，也不知道会怎样呢……

阿芳　我也想着什么时候去那里看看呢……

驹十郎　可是，你那边的亲人也都不在了吧？

阿芳　（点点头）——月洒家也换成战后的一代，以后还不知道会怎样呢。

驹十郎　唔，人生如流水啊……一切都在变啊……

阿芳　（忽然想起什么）对了，那个人是谁呀？

驹十郎　说谁啊？

阿芳　到这里来过的，那个女人……

驹十郎　哦，她呀。那人太差劲了。不跟她计较，忍忍吧。真是没想到啊。根本没有那种心思，不过吧，不知不觉地，突然就那样了。

阿芳　（笑着）你呀——

驹十郎　怎么了？

阿芳　你不会以为我在吃醋吧？你傻啊，都这个岁数了……我早就见怪不怪啰，你勾搭女人向来手快。

驹十郎　（笑起来）戳到我的痛处了。是不是啊，哈哈哈，总之不跟她计较咯。

阿芳　对了，该怎么办？阿清会不会从她的话中猜到什么？

驹十郎　什么事儿呀？

阿芳　你是他父亲这事儿——

浮草　345

驹十郎　呃……总之，都过去了。她再也不会踏进这个门槛了。

阿芳　不过，不知道清了解多少……

驹十郎　啊，他知道了也没什么。不过没事儿的，放心吧。

阿芳　……（想了想，忽然仰头）我说……

驹十郎　嗯？

阿芳　你打算一直这样做他的舅舅？

驹十郎　是啊。还是不说为好。说开了阿清会很可怜的。

阿芳　可是……

驹十郎　好了，不说吧。一直做他的舅舅我就满足了……

阿芳　……

　驹十郎也终究有些感伤。于是两个人不由得沉思起来。

93　傍晚的道路

　驹十郎返回戏班的路上。

94　戏棚附近

　驹十郎刚到戏棚附近，惊觉响动，哎？他瞪大眼睛细看。
　只见在对面角落，加代与清正依依惜别。
　驹十郎定睛看着，脸上满是惊愕。
　——清与加代告别后回家去了。
　看到这里，驹十郎眼里充满了怒火，他急忙转回戏棚的正门。

95　后台入口

│加代归来。

96　后台入口（内部）

│加代进来，哎？她吃了一惊。只见驹十郎正站在那里怒视着她。加代想赶紧溜走。

  驹十郎　　喂，给我站住！
  加代　　　——？
  驹十郎　　你刚才去哪儿了？
  加代　　　……
  驹十郎　　跟我来！

│驹十郎先动身往观众席的方向走去。加代忐忑不安地跟着他。

97　没有人的观众席（舞台正面）

│驹十郎等着加代。加代到来。

  驹十郎　　你刚才见谁去了？谁呀？说！什么时候跟那个男孩子好上了！喂！快说！说不出口吗？！

│说着便狠狠地揍她。

加代　（打着趔趄）有什么不可以的？跟谁见面不行！别管我！

驹十郎　说什么！你究竟想怎样对付那个男孩子！是想骗他的钱吗！

加代　你是这么看我的？班主——

驹十郎　什么呀，装傻充愣！你们这种人的行径，反正都是这样！有什么要解释的，赶快说！有话尽管说！

接着又打又推。加代摔倒在地。

加代　（慢慢爬起来）也不算冤枉吧……被你那么认为……

驹十郎　什么！

加代　因为是姐姐，最初是她给我钱求我去的……

驹十郎　（追问）为什么……阿纯拜托你做什么事情？

加代　……

驹十郎　（抓住她的肩膀）喂，她拜托你做什么？

加代　……行了……别逼我了……

驹十郎　快说！为什么不说！喂！

他拧着加代的手腕。

加代　好痛！

驹十郎　痛就快说！

浮草　349

加代 （不堪忍受痛苦）——是姐姐……她跟我说……去勾引那个人的。

驹十郎 竟有这种事儿，阿纯竟然对你说过这种话！

加代无力地点点头。

驹十郎 真的吗……真的是她让你做的？是真的吗？

加代无力地点点头。

驹十郎 好！叫阿纯过来，阿纯！

加代畏缩不前。

驹十郎 （喘着粗气）还不快去！快把她叫来！

加代垂头丧气地走了。
驹十郎焦躁不安，一个人在那里走来走去，然后在角落堆放的坐垫上坐了下来。
纯子出来。
驹十郎狠狠地盯着她。
相互对视的两个人，目光中充满了杀气——

纯子 （冷冷的）什么事儿？

驹十郎 到这边来一下！

纯子 做什么呀？

纯子走近他。驹十郎冷不防地将她拽过来痛打起来。

纯子 （闪躲着）你干什么！

驹十郎　你这个臭娘们儿,干吗总盯着我儿子!你算什么东西,为什么要算计我儿子!

纯子　（挣脱开,赌气道）哼,你儿子的事情与我有什么关系!多么了不起的儿子呀!找女戏子做情人!

驹十郎　畜生,胡说八道!

纯子　呸,有其父必有其子!

甩下这句狠话后,她就想离开,驹十郎紧追不放将她再次拖回,接二连三地殴打她。
纯子拼死挣脱。
驹十郎受到冲击打了个趔趄。

  纯子 (冷笑道)很不甘心吧?哼,你就尽情地悔恨去吧!

驹十郎气得喘着粗气。

  纯子 (一边整理着弄乱的衣领等部位)哼,世上的风水轮流转!你也不会一直走运!你且铭记这个教训吧。
  驹十郎 放屁,你才需要牢牢记住吧!你这个臭婊子……蠢货!大蠢货!我再也不想见到你这副嘴脸!滚远点儿吧!混账东西!

说完他转身就走。
纯子突然回过神来,追上他抱紧不松手。

  纯子 别走,你等等!
  驹十郎 又干什么!放开!
  纯子 你就这么嫌弃我吗?
  驹十郎 搞什么!
  纯子 为什么我会做出这种事儿,你想过没有啊?那个女人的事情你一直瞒着我。你也设身处地为我想想。所以,这件事情你我还不是彼此彼此

　　　　　吗？我说咱们都适可而止重归于好吧。行不行
　　　　　啊？和好吧。戏班那边也很困难，你看，这都
　　　　　到了最紧要的关头了，不是吗？求你了。
　　驹十郎　闭嘴！别絮叨了，事到如今还说什么！别再诉
　　　　　苦抱怨！哭诉也没用！
说完，他头也不回地走了。

　　纯子　老公！班主！
然后她蹲坐下来沉思良久。

98　后台（二楼）

驹十郎上楼来。
房间里铺好了两三床铺盖，扇升与正夫睡在一个被窝中。
正想着事情的加代，抬头看到了驹十郎。
驹十郎毫无顾忌地走近她。

　　驹十郎　混账！
说着又打加代，然后走到自己的梳妆台前扑通一声坐下来，他
也沉沉地思考起来。
传来盂兰盆舞[1]的伴奏声。

---

[1] 盂兰盆节期间举行的集体舞蹈活动，过去是在旧历7月15日前后举行，现在是公历8月15日左右。

99 梅迺家小酒馆（当天晚上）

小客间内，吉之助、仙太郎、矢太藏三个人，一旁是冈津和八重，几个人围着餐桌喝酒。

冈津　　今晚怎么这么安静啊。发生什么事儿了？

吉之助　什么事儿都没有呀。

八重　　振作起来吧，振作——

仙太郎　（对八重）哎，再给我倒杯烧酒。

矢太藏　还有钱吗？

仙太郎　总会有办法的，对不对啊，美女？

矢太藏　那我也要。

吉之助　也给我一杯。

仙太郎　阿吉，你还有吧？

吉之助　什么？

仙太郎　钱呀。

吉之助　你难道不知道没有了吗？别出丑了，是吧，美女？

他看着冈津。

冈津　　讨厌，你干吗？在那里乱摸什么……把手拿开哟！

吉之助　哪有啊？这不是什么都没做吗？（说着他伸出手）你说什么呀。

冈津　　讨厌！（说着站起来）八重，走了！

八重也站起来。

吉之助　喂,不给我拿酒吗?上酒——
八重　　没钱,可不行哟。

于是她跟冈津一起去二楼了。
三个人一时默然,过了不久——

矢太藏　我说,咱们班主还打算在这种地方困多久啊?
吉之助　再怎么等下去,打前站那位也不会回来咯……
仙太郎　唔,所以从刚才开始我就在想——
矢太藏　想什么?
仙太郎　唔?——还是算了吧。
矢太藏　想什么?说来听听,说呀——

仙太郎凑到矢太藏耳边嘀咕几句。

矢太藏　唔……唔……(边听边点头,声音压低)阿仙,那种事儿你以前做过吗?
仙太郎　(很小的声音)呀,只做过一次,在近江剧团的时候——
矢太藏　(再次小声说)是吗……我也有过呀……阿吉,你说呢?
吉之助　(平常音量)什么?
矢太藏　(用手制止他,压低声音)不要大声——偷偷跑

浮草

掉吧。眼见没什么希望了。班主的那个大钱包，咱们借用一下吧。怎么样？

吉之助　（再次平常的音量）我不愿意。

仙太郎　可是，你想咱们连烧酒都喝不起了，还能怎么办呢？

吉之助　（继续以平常的声音）不好意思，我不愿意做这种事。要做你们二位做吧。

矢太藏　（继续压低声音）你别这么嚷嚷。

吉之助　这就是我一贯的嗓门。那我不说好了。

两个人盯着吉之助，场面一时冷了下来。

矢太藏　（压低声音对仙太郎）怎么办，阿仙，咱不做了？

仙太郎　（他也小声说）唔，还是算了吧……

吉之助　当然不能做。你们把班主当什么？我们蒙受了他多少关照！生而为人，要是忘恩负义当真是猪狗不如。你们都说了些什么？！我都惊得说不出话来了。我压根儿没想到你俩会存心不良呢，同甘共苦这么多年，怎么能动那种歪心思呢？！

矢太藏　（点点头）说得对呀。我也想明白了。诚如阿吉所言，对吧，阿仙——

仙太郎　唔，这一说我也想通了。

吉之助　理所当然喽。

矢太藏　阿吉，是这个理儿。对不住啦。请息怒吧。

吉之助　明白就好，那番话也太不合情理啦。

矢太藏　唔，明白。确实懂了。咱们开开心心喝酒吧。——（于是冲着厨房方向）我说，大叔，给上三杯烧酒吧。三杯。

老板只是冷冷地看了他们一眼，没有吭声。

仙太郎　（对矢太藏）能行吗？喂，搞得定吗？

矢太藏　看我的吧。

随后他将挂在胸口的护身符袋子拿出来，郑重其事地从中取出一千块钱。

矢太藏　我原本想着紧要关头以备万一的，就这么多了，嘿嘿嘿，没办法啊。

仙太郎　藏在这么无聊的地方啊。这不还鼓鼓的吗？

矢太藏　嘿嘿嘿，防小偷的护身符也一起放进去了。

这时大门开了。

掌　柜　欢迎光临。

纯子进来。她没有注意到这三位。

纯　子　大叔，烫壶酒来。

随后她坐在土间的桌子旁，情绪低落地想着心事。
三个人面面相觑。

矢太藏　（压低声音）来了个冤大头。我还是收起来吧。

随后便将刚刚拿出来的一千日元收走，重新放进护身符袋里。

仙太郎　姐姐，你来了。

纯子　啊，你们几个在呀。

仙太郎　嗯。

吉之助　打前站那位还没有消息吗？

纯子　唔，音信皆无……

吉之助　说不定啊，姐姐，那家伙不会回来了呢。

纯子　……

吉之助　（扫了一眼仙太郎与矢太藏，不无讥讽地说）他就是个坏蛋呀，简直了……

两个人有点儿困窘。

矢太藏　（为了掩饰难为情）大叔，酒好了没有啊？烧酒三杯——

掌柜　嗯，马上就好——

纯子郁郁寡欢，独自想着心事——

100　次日　相生剧院大门前

门前空荡荡的，停着一辆排子车——

101　剧院观众席

除了吉之助外，戏班全员集合，大家分别坐在各自的位置上，静静地看向一方。在所有人的视线交会处，堆放着戏班的衣服、小道具等物件，有两位旧货商，正拨打着算盘为这些东西估价。

旧货商A　（给同伴出示算盘，小声说）给这个价行吗？

旧货商B　（将算盘的珠子拨下一个）这样吧。

旧货商A　唔——（给驹十郎看算盘）老板，你看一下，这么多呢。

驹十郎　唔，能再多给点儿吗？

两位旧货商将算盘珠子上上下下拨打一通，点点头。

旧货商A　好吧，我们已尽最大可能做出让步，这不少了……

旧货商B　这样算来，班主，真的是极限啰。

驹十郎　是吗……那好吧，好歹能凑够大家的车票钱。

旧货商A　那就这样。

驹十郎　嗯，那好吧。

旧货商从怀里取出有带儿的钱包。在另一面——

矢太藏　（对一边的杉山说）喂，文艺部，你只有相机被盗走吗？

杉山　相机和打火机呢。

志希	（在另外方向）我还借给阿吉不少钱呢。
长太郎	最痛心的是班主呀，钱包被偷走了。
矢太藏	（对身边的仙太郎说）太过分了，那个家伙。再让我遇见他非揍死他不可。
仙太郎	别提了，我当时就觉得他不对劲儿。平素他可不是那么通情达理的家伙啊。
矢太藏	还真是。我那个防小偷的护符袋，趁我睡着的时候，他用剪刀一下剪下来，整个给拿走了……
六三郎	（在另一个方向）扇升，你今后有什么打算？
扇升	我吗？——（可怜巴巴地嗫嚅着）没想到，事情会这么糟……

与他相隔稍远，纯子一个人没精打采地思考着，加代也离开众人独自沉思。正夫坐在花道[1]边上，晃荡着两条小腿儿啃梨吃。

102　当天傍晚　舞台里面的休息处

那里只放着戏班全员的随身行李，一个人也没有。

103　二楼（休息处）

戏班全体成员安静地围坐在一起，举行一场凄清寒酸的告别宴。

---

1. 歌舞伎演员通过观众席上下舞台的通道。

纯子独自离开大伙儿,仍旧没精打采,满怀心事。也没看到加代的身影。

驹十郎 喂,矢太,你是不是没酒了?

说着递给他烧酒酒壶。

矢太藏 哎,多谢。

他接过来满上,"要不要?",随手递给下一位。

驹十郎 (幽幽的)唉,因为我没出息,才落到今天这步田地,不过也不会一直这么倒霉吧。待我东山再起时定会通知诸位,如果各位方便,还请再来相聚。

大伙儿静静地听着。

驹十郎 龟先生,你打算去哪儿?
龟之助 呃,我妹妹的老公在滨松附近的乡下开了一家酱菜店……
驹十郎 是吗——庄吉你怎么打算?
庄吉 呃,我想再回到之前的老板那里,拜托他试试……
驹十郎 是吗,是一身田[1]的松之汤吧?

---

1. 日本地名,位于三重县津市。

庄吉　　嗯……是的。

驹十郎　哦,做个正当营生还是不错的。杉山君,记得你说过想重新上学?

杉山　　嗯,一边打打零工……

驹十郎　那么,虽然今后大家各奔东西,偶尔也会想起共聚戏班的日子,固然有过很多的艰辛,不过也有不少开心有趣的事情啊。

仙太郎　班主,既然大家就要分开了,不如痛痛快快地喝一场吧。

矢太藏　啊,对,对!痛快地喝吧……

仙太郎　(对纯子)啊,姐姐也过来呀,一起喝起来吧。

纯子　　……

矢太藏　　哎，姐姐，就过来吧。

仙太郎　　这就要分别了，对吧？

矢太藏　　（环视一下在座诸位）欸？加代哪儿去了？

龟之助　　（环视一圈）她干啥去了呢？

杉山　　　（神情落寞）……

仙太郎　　来吧，姐姐———一起来吧。

| 与此同时，志希调着三弦琴的音调，纯子起身走过来。

仙太郎　　我说班主，就剩今天一天了，也请和姐姐好好相处吧。

驹十郎　　（只是扫了一眼纯子）哎，扇升哥、老六，我与你们二位相处的时间最久……

六三郎　　呃……扇升哥，班主有话说……

| 说话间他碰了碰扇升。扇升会意，手遮在耳边认真听着。

驹十郎　　好也罢坏也罢，你们总是由着我说一些任性的话，咱们一起相处了那么久……有对不住的地方……请多担待吧。

| 扇升忍不住，猛地起身去了楼下。
他的背影看起来那么无助——正夫跟在他身后。

104　舞台里面（后台）

正夫跟着扇升，爷俩一起下来。
扇升蹲在地炉前抹着眼泪。

  正夫　爷爷……爷爷……你怎么了……爷爷……

扇升心里难受，鼻子一抽一抽的。
二楼传来三弦、唱歌以及打拍子的声音。
正夫虽然不清楚发生了什么，但也心生不安，便哇哇地哭起来。
手中的梨滚落在地。

105　夜晚的道路

驹十郎拿着包裹走着。

106　鹤屋餐馆

情绪低落的驹十郎进入店内。
阿芳从里面迎出来。

阿芳　　你来了。
驹十郎　发生了一些很糟心的事情。
阿芳　　怎么了?
驹十郎　终究还是把剧团解散了。
阿芳　　……是吗?
驹十郎　丸大老板也操了不少心,可实在是没办法……
　　　　那位先生也真是好人……
阿芳　　哎,先上来吧。
驹十郎　阿清怎样了?
阿芳　　他不是跟你在一起吗?
驹十郎　没呢,我不知道。
阿芳　　刚才你那边的年轻人,说是你打发来的,喊他过去呢……
驹十郎　哪个年轻人?
阿芳　　是个女的——
驹十郎　随后他就出门了?

阿芳　　嗯，两人一起走的。

| 驹十郎突然跑向大门口。

107　大门口

| 驹十郎来到大街上左右看了看，然后颓丧地垂着脑袋返回来。

108　店里

| 驹十郎回来。
阿芳疑惑不解地看着他。

　　阿芳　　哎，怎么啦？
　　驹十郎　怕是出大事了。
　　阿芳　　什么事儿？
　　驹十郎　（郁闷地垂着头）——阿清这小子，真拿他没辙啊……
　　阿芳　　怎么回事儿？阿清怎么啦……说呀。
　　驹十郎　啊，事情越发棘手了……

| 阿芳惊讶地注视着他。

109　里屋

| 挂钟钟摆嘀嗒嘀嗒地摇晃着。

110　清晨　乡间小路

一辆火车驶了过去。

111　一家简陋的旅馆走廊

在那里能听到火车发出的声响——

112　旅馆的走廊上

这是一家位于车站附近的简陋旅馆。
　清与加代，两个人陷在沉沉的思绪中。

  加代　哎，在想什么呢？

  清　……

  加代　后悔了？

  清　才不后悔呢。原本是我的主意。

  加代　可是……

  清　可是什么？

  加代　是我不好。不应该跟你跑出来的。

  清　为什么呀？

  加代　你不应该跟我这种女人在一起的。跟我这种人交往对你不利呢。也对不住班主……

清　　为什么要说这种话？跟舅舅又能扯上什么关系呢！

加代　可是，你不是说过想读大学，想学更多知识吗？那才是对的。就那样做吧。那样的话日后你一定不会后悔……

清　　那么你后悔了吗！我上不上学都无所谓。我跟你的事情，我想好好央求妈妈。妈妈肯定会同意的。即使她不同意我也要……

说着抓住加代的手。

加代　不行，不可以的！（想抽开手）你赶紧回家去！听我说，回你妈妈身边！快回去吧！

清　　回去后怎么跟他们交代？我回去后咱们怎么办？

加代　分手吧，就这样，咱们就到这里……

清　　那你怎么办呢？剧团不是都已经解散了吗？

加代　不用你管。你不需要理会我这种人。我怎么都行的，怎么都能过下去。

清　　净瞎说！

随后将她紧紧抱在怀中。

加代　（推开他）不行！回去！哎，回去！回家去！

两人对视，表情严肃——

浮草　369

113　鹤屋餐馆

客人离去后，阿芳拾掇完他们用过的盘子、碗等餐具，擦擦桌子，然后返回里屋。

114　里屋

套廊里，驹十郎凝神思考。

  驹十郎　（叹口气）臭小子到底跑哪儿去了……

阿芳也心思沉重，她看了一眼驹十郎，默默地摇着团扇。

  驹十郎　果然是有其父必有其子……这么快就跟女人搞上了……看走眼了……

阿芳继续摇着团扇。

  驹十郎　我总认为，那小子会是鸡窝里飞出的金凤凰，岂知这世间之事哪会那么顺心如意啊。这一次我驹十郎算是彻底被打败了。唉，一切都只是泡影啊。
  阿　芳　可是，光想那些不好的地方……
  驹十郎　那你说，一个连存款都能提出来跟女人私奔的家伙，哪还有可取之处，在哪儿……真是高看他了。

浮草

| 说话间，他偷偷地抹着眼泪。

阿芳　　不过，那孩子，一准儿会回来的。

驹十郎　……

阿芳　　那孩子，并非那么不堪的。肯定会回来。

驹十郎　是吗？真的会回来吗？

阿芳　　要不回来可怎么办呀？

| 话刚出口，她也觉得胸口揪得慌，强忍着眼泪。

驹十郎　是啊……倒也是啊……不过现在的年轻人根本不知道该干什么……

阿芳　　会回来的……一定会回来……

驹十郎　嗯……

阿芳　　那么，等那孩子回来，你还要走吗……

驹十郎　……

阿芳　　索性告诉阿清实情吧。再说他也不是少不更事的年龄……

驹十郎　……

阿芳　　早晚他得知道。这种事情早早晚晚总会知道的……

驹十郎　唔……

阿芳　　要是早点儿跟他说，没准儿就不会发生这种事呢。哎，把真实情况告诉他吧。

驹十郎　……

阿芳　说定了。

驹十郎　唔……一家三口，和和美美地过日子吗？

阿芳　就是。——说好了……

驹十郎　那就这样吧。

阿芳　谢谢，谢谢你肯留下来。阿清也一定会开心的。

驹十郎　话说回来，这小子到底跑哪儿去了……

听闻此话，阿芳脸上再度浮现忧色。

阿芳　（为了解忧）那么，温壶酒吧？

驹十郎　（点点头）好的……

阿芳　要烫一些的。

阿芳正在温酒，这时，传来开门声——

阿芳　（一眼望去）啊，他回来了！

驹十郎听到此话，嗖地一下站起来。

115　店里

清立在那里。

阿芳、驹十郎匆匆出来。

阿芳　哎，你这是去哪儿了呀？

驹十郎　你究竟跑去哪里了?

清　（纠结的表情）我有事情求您,妈妈。

阿芳　什么事儿?

阿清走到入口处用下巴示意。
加代低眉顺眼地走进来。
驹十郎猛地睁大眼睛怒视着她。

驹十郎　（气呼呼地走近加代）喂,你竟敢回来!

加代垂着脑袋一声不吭。

驹十郎　你还有什么脸出现在我面前!混账!

加代　对不起,班主——

驹十郎　你以为道个歉就会没事儿!蠢货!

说着便动手打她。

清　（护住站立不稳的加代）你干什么,舅舅!

驹十郎　怎么!

清　明明道歉你却还要打她,这怎么可以!

驹十郎　说什么?这还是你吗!你知不知道妈妈有多担心!

说着又动手,这次打的是清。

阿芳　喂,你别这样——

驹十郎　你别管!光用嘴说这家伙是不会清醒的!

随后,他又到加代跟前抓住她的衣领。

驹十郎　混账东西!

清　（遮拦）还不住手,舅舅!

驹十郎　看看! 这家伙,想干什么!

阿芳　哎,别打了!

突然驹十郎打起清来。清腾地火了,他冲着驹十郎打了回去。驹十郎遭遇突然袭击,他打了个趔趄,然后扑通一声,摔了个屁股蹲儿。

阿芳　（冲着清尖叫道）你在干什么!

驹十郎　（气喘吁吁地看着清）你敢还手!

清　（回瞪他）你算老几!

阿芳　（对清吼道）臭小子,你可知道他是谁呀……是你父亲呀! 你的亲生父亲呀! 你干什么!

清一下被镇住了,他看着驹十郎。

清　是吗? 果然如此……我还以为不会是那样呢……

驹十郎什么也说不出来,只露出一丝苦笑看着他。

清　唉,妈妈,你不是说过爸爸在新宫的区公所里做事,很早以前就死了吗?

阿芳　……

清　我一直认为是那样……我还会这么想的! 我不需要所谓的父亲! 事到如今我才不想要什么父亲! 不需要!

驹十郎　……

阿芳　可你想过没有，你父亲不想让你做江湖艺人的孩子，就是怕你受委屈啊。

清　为什么呀？为什么？

阿芳　他只盼着你能好好学习，出人头地。所以你爸爸他，只要有了钱，就会从旅途中寄来当你的学费呢。

驹十郎　算了，别说了吧。

阿芳　可是，你——

清　舅舅！

驹十郎与阿芳猛然看向清。

清　为什么现在跟我说这些呀！（对阿芳）妈妈，为什么事到如今你才跟我说呀！有这么不负责任的父亲吗！我不需要这样的父亲呢！希望你离开这里。请你离开，你走吧！

说着说着，他眼看就要哭了，于是转身跑开，踏上通往二楼的楼梯。
驹十郎茫然若失。

加代　（擦着泪水，对阿芳说）对不起……我什么都不知道……

驹十郎　（长叹一声）——他说的也对……言之有理

　　　　　　啊……随随便便地告诉他，这个人是你父亲，当然行不通啊……

阿芳　　可是，你并没有……

驹十郎　算了，我还是走吧。这样也好……这样也好啊……

阿芳　　其实，阿清心里已经接受你了……

驹十郎　算了……就让一切回到最初吧……今天还是跟往常一样，就作为他的舅舅告别吧……

加代一直静静地听着。

驹十郎　下次要说是清的父亲，就等我成为没有任何缺点的优秀演员后再回来说吧……就由我去吧……就这样吧。

阿芳　　可你这一走……

驹十郎　到那时，就把这件事情作为开幕的祝贺吧。

说完他便要走。
加代跑过来。

加代　　班主！带我一起走吧！

驹十郎　嗯？

加代　　为了班主，我会脱胎换骨努力做事！因为这件事情就此分别，我不愿意……我不想这样！那么，班主，拜托您了！带上我一起走……拜托了！

驹十郎　（内心受到震动，对阿芳说）哎，听到了吧？多懂事儿的孩子呀。——你就多辛苦，顺便照顾一下这孩子。——（然后对加代）很多地方待你刻薄，真抱歉，原谅我吧。

| 加代忍不住掩面抽泣起来。

驹十郎　（把手搭在她肩膀上）帮助阿清成为一个有出息的人。我把他托付给你了。那么，指望你了。拜托了。

| 随后他回到房间收拾行李。

　　加代　（看到这里冲二楼喊着）清！——清！
| 然后她冲上楼去。
　阿芳一动不动。

116　二楼（清的房间）

| 抱着脑袋随便躺着，闷闷不乐的清——
　加代慌慌张张地跑上来。

　　加代　清！班主，快……班主他……
　　清　——？
　　加代　赶快！……快点儿！快下去！喂……
| 清迅速爬起来，快步下楼。

117　楼下

清快步下来。加代紧随其后——
阿芳从店里返回屋里。清走到她跟前。

清　（有点儿慌乱）舅舅呢？舅舅哪儿去了？

阿芳　……

清　怎么回事儿，舅舅——

阿芳　问你父亲吗？

清　——？

阿芳　你父亲的话，他又去漂泊了……

清猛然追了出去。

阿芳　清！

清　——？

阿芳　不必挽留了。这样也好。——说起你父亲，从你很小的时候开始，每一次回来，离开时，总是抱着那种心情走出家门。

清　……

阿芳　这样就好啊。只要你能有出息就行。

清终于忍不住抽泣起来，加代眼中噙着泪水。

118　当天晚上　车站一角

│昏暗的电灯——

119　车站入口

│驹十郎到来。因为售票窗口处挂着写有"请稍等"的牌子，便欲在长椅上坐下来，这时他忽然发现——
纯子正孤零零地坐在候车室一角，怔怔地看着他。
驹十郎脸色有点儿难堪，他径直坐下，衔上一支烟，不过找不着火柴，于是浑身上下摸索着。纯子默默地走过来，擦燃火柴。驹十郎脸色诧异地看着她，继续摸索。纯子扔掉几乎烧尽的火柴头，擦燃第二支。驹十郎就着火点着了烟。
纯子并排坐下。

  纯子 班主，你去哪儿？
│驹十郎吸着烟，不吱声。

  纯子 （拿出一支烟）借个火。
│说着取过驹十郎的烟。

  纯子 （吸着烟还给他）哎，你要去哪里呀？
  驹十郎 （依然看着前方）——
  纯子 我还在犹豫不决呢，不知该去哪儿……
│说完她停顿片刻——

纯子　　班主，你有去处吗？

驹十郎　　唔……

纯子　　哪里？哎，你去哪儿？

驹十郎　　桑名……我想去求求金吉的老板……

纯子　　是吗……我也一起去吧……

驹十郎　　——

纯子　　我跟那位老板还挺熟的……行不行，带我一起去？

驹十郎　　管它成功还是失败呢……

纯子　　欸？

驹十郎　　再拼上一回试试吧……

纯子　　就是。再拼一回吧。干吧，干吧。

驹十郎　　那就拼拼看吧……

纯子　　没问题，干吧，干吧，干起来吧！

售票处的窗口开了。
纯子麻利地起身过去买票。

纯子　　桑名两位——

驹十郎　　喂，那边的行李别忘了。

纯子回过头来，冲他含笑点头，买票。

120　夜行火车的车厢中

| 酣睡着的形形色色的乘客——
　驹十郎和纯子，两个人面对面坐着，吃着同一份车站便当，喝着瓶装的酒。

121　暗夜中的铁路

| 列车高速行进。

—— 终 ——

译后记

遗憾方为人生[1]

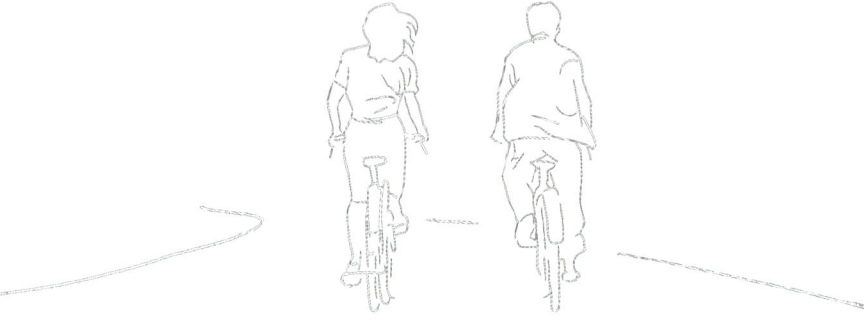

一

小津安二郎（1903年12月12日—1963年12月12日）是日本著名电影导演、剧作家。他一生共执导影片54部，多部优秀作品享誉世界影坛。2012年，由英国权威电影杂志《视与听》举办、知名导演与影评人评选出"影史十大影片"，小津安二郎的代表作《东京物语》位列其首。其本人获得的主要荣誉有：1952年第2届日本电影蓝丝带奖最佳导演奖；1958年紫绶

---

1. 文中几处小津安二郎的讲述，除了标明出处的，其余皆引自井上和男编定的《小津安二郎全集》。

褒章；1958年日本艺术祭文部大臣奖；1959年日本艺术院奖；1961年第8届亚太电影节最佳导演奖。1962年，小津安二郎入选日本艺术院会员。

小津安二郎开创了含蓄隽永、余味悠长的电影风格，被世人赞誉为"小津调"。随着小津安二郎在电影史上声誉日隆，剖析其电影美学和风格的著述卷帙浩繁。而一部优秀的电影作品，离不开好的剧本，也可以说"小津调"的电影，是建立在"小津调"的剧本之上的。

小津安二郎的54部电影作品，绝大多数的剧本是由他本人执笔或是与他人共同创作的。在与他人合著的剧本中，有27部是小津和著名剧作家野田高梧联袂打造的。尤其是从1949年的《晚春》至1962年的《秋刀鱼之味》，这13年间，小津安二郎导演的全部电影的剧本都出自这两位大师之手。《晚春》《麦秋》《茶泡饭之味》《东京物语》《早春》《东京暮色》《彼岸花》《早安》《浮草》《秋日和》《小早川家之秋》《秋刀鱼之味》，这12部作品无论是影片还是剧本都堪称经典。

二

◎ 不变的嫁女主题

12部经典作品中，《晚春》《麦秋》《彼岸花》《秋日和》《秋刀鱼之味》都属于嫁女系列。不仅主题类似，就连出场人物的名字也多有重复。譬如《晚春》《麦秋》《东京物语》中的纪子，《晚春》《东京暮色》《东京物语》《彼岸花》《秋日和》中的周吉等。

接近一半的嫁女名篇，翻来覆去熟悉的名字，难怪人们说起小津电影，印象总是不变的嫁女主题。也有人说小津总在重复自己。小津自己则有过这番表述："动辄会有人说：'偶尔也创作部不同风格的作品呀！'但我会告诉他：'我就是个豆腐匠，做豆腐的人去做咖喱饭或炸猪排，怎么会好吃呢？'"（《报知新闻》1955年3月27日刊登）

因为是个豆腐匠，所以就只做豆腐；因为有想表达的东西，所以不厌其烦地一次次出发。我想这叫作坚持。

即使小津的作品有着某种程度的重复，但认真读下去，便会发现，其实每一部作品都在试图表达一些新的东西。

暮春时节，草长莺飞。《晚春》的故事徐徐拉开帷幕。

没有大的波澜起伏，庸常的生活碎片构成了《晚春》，一切都在平平淡淡中行进，如同每一天的日升月落，其间，你会邂逅一些美好，一些感动。

故事缓缓推进。纪子与服部，原本青梅竹马的两个人，走着走着就远了，熟悉的过去变得虚幻。当服部自己坐在音乐厅，身边是空荡荡的座位时，那一句"你切的咸萝卜都还连着不断呢"，听来格外令人唏嘘。

故事继续推进。时光如水，夜以继日地冲刷，洗白了岁月，冲散了亲人。纪子嫁人，纵千般不舍，到头来父女终要分别。最后的团聚时光，父亲的絮叨令人印象格外深刻。然而再多的絮叨都留不住时光的脚步。"一定要幸福"成为父亲对出嫁女儿唯一的祝福。

春天再晚都会来，春天再长也会去。

《晚春》说，一定要幸福。

《麦秋》最后定格在大和乡下：一望无垠的麦田，麦子已经熟透，金黄的麦浪随风起舞。

成熟的麦子被收割后，离开土地，这是麦子的秋天。纪子离开父母，远嫁去了秋田；父母则离开生活了16年的东京，回到大和老家守住生命的秋冬。

所以麦秋，是高潮也是结局。故事最后，特别能感受到题目《麦秋》的意义与分量。

自然与人生并无二致。成熟意味着分别，每一次分别时都期待着下一次的相聚。然而，对于日渐老去的父母，还会有多少次相聚？在平凡的日子里寻味快乐与幸福，又在寻常的快乐与幸福中品味着淡淡感伤，在感伤中触摸活着的意义，最终抵达生命的通透。

与《晚春》中对爱情迷茫的纪子不同，《麦秋》中的纪子颇有主见。她放弃了身价颇高的单身汉，选择丧偶有女、生活困窘的谦吉，很多人为之唏嘘；而纪子笃定，她说："我并不太信任一个年满四十还优哉游哉独自生活的男人呢。有小孩的男人反而更值得托付呢。"纪子是淡定而通透的。

故事最后，老夫妇眺望熟透了的麦田，想着远嫁的女儿，想着一家人曾经热闹幸福的生活。父亲周吉说人的欲望是无穷的，母亲志希说我们毕竟幸福地生活过呢。老人是知足而通透的。

故事琐碎平淡，但绝不庸俗，充满烟火气息，淡出生活的真味。整个故事是温馨的，有着大半个世纪前的缓慢节奏，在当前浮躁快速的社会洪流中，依然有着治愈人心的力量。

《麦秋》说，成熟的生命是金色的通透。

《彼岸花》与《秋刀鱼之味》，两部作品的题目有着异曲同工之妙。前者故事中没有彼岸花，后者故事中不见秋刀鱼。然而读罢掩卷长思，彼岸花分外妖娆，秋刀鱼余味悠长。

彼岸花是一种什么花？

在日本，每年秋分时节，彼岸花群开于田埂与堤坝上，火红一片。其花形娇艳，色彩也绚烂，但有花无叶，有叶无花。

传说中，彼岸花开一千年，落一千年，花叶永不相见。情不为因果，缘注定生死。

所以，这样的彼岸花被赋予了悲情色彩——无尽的爱、悲伤的回忆、死亡的前兆和地狱的召唤。

多像人世间的父母与子女，子女最绚烂的日子，便是父母凋零的开始。一朝零落，不复相见。

《彼岸花》说，生命轮回不休，彼岸花开绚烂。

秋冬是什么况味？于日本人而言，秋冬是秋刀鱼的味道。

秋刀鱼是秋冬季节的时鲜，从每年八九月份到次年三月，在日本列岛依次巡游，它们的出现，意味着秋冬的到来。所以,秋刀鱼的名字便蕴含着萧瑟凛冽之味。无论你喜不喜欢,秋冬总归要来。如同故事中的平山周平,终有一天要嫁掉女儿,独自迎来生命的寒冬。

品味秋刀鱼是怎样一种体验?日本人总是取最新鲜的秋刀鱼,撒上盐烤着吃,鲜美咸香中夹杂着丝丝苦腥,味道未臻完美,却总是余味无穷。如同人生,没有圆满,但同样令人沉醉。

即便普通如秋刀鱼,一旦错过这个季节,便再难寻觅——如同不加珍惜悄然逝去的芳华与爱情;如同故事里的路子与三浦,一旦错过,便成永远。

平凡普通,余味无穷,这是秋刀鱼;由生至死,盛极而衰,这是人生。有容易错过的秋刀鱼,没有重复走过的人生。

《秋刀鱼之味》说,且走且珍惜。

关于《秋日和》,小津安二郎有这样一番讲述:"这世间,原本很简单的事情,若大家一哄而上往往就搞复杂了。即使看着复杂,但人生的本质或许意外地简单。"

故事中,田口、间宫、平山一哄而上,为已故同窗好友三轮的遗孀秋子、女儿绫子的婚事操碎了心,却好心办坏事,造成母女嫌隙。故事中,三个中老年男人的对话幽默风趣,很多场景令人忍俊不禁。故事的基调确如片名《秋日和》,秋阳明媚,秋风送爽。当然,这风吹着吹着便带来萧瑟与凉意,这是嫁别爱女的秋子内心的寂寥,也是蕴含在幽默轻松中的淡淡感伤。

《秋日和》说，天凉好个秋。

关于自己的作品，小津还说过："摒弃所有的戏剧性，不让人哭，却展现出悲伤；不刻画戏剧性的冲突，而让人们领略人生滋味……"

其实，不唯《秋日和》，这种冷静克制的讲述风格，贯穿小津安二郎的作品始终。

◎ 家庭的悲欢离合

社会变革，家庭聚散，是再正常不过的社会现象。然而，落到每家每户，落到个人身上，便是承载着悲欢离合的人生故事。

何谓经典？随着时间的流逝，不仅不褪色，反而愈加清晰感人的作品方可称为经典。1953 年的作品，依然感动着今天的我们。由此看来，《东京物语》堪称经典之经典。

一对乡下的老夫妻，在邻居艳羡的目光中，开启了充满自豪与希冀的探亲之旅——去大都市看望事业有成的子女。长子医学博士毕业，在东京经营一家诊所；大女儿开美容店；小儿子在大阪铁路部门工作。

然而，希望中的美好，总是遭遇现实的摧毁。养家糊口、忙碌工作的不得已，总能战胜陪伴父母的孝心。有意无意间，儿女们带给父母一个又一个遗憾。而儿女被生活的巨浪裹挟向前，浑然不觉身后父母的失落，最终迎来"子欲养而亲不待"的千古憾事。

二儿媳纪子的体贴，是二老探亲之旅最温情的记忆。然而，次子昌二已经去世八年，即便纪子还想留在过去，生活也会裹挟着她一路向前。她说"遗忘他的日子越来越多了"。人生最大的矛盾其实是你还想停留在过去，岁月早已向前。

儿女长大成人，拥有了自己的生活；父母逐渐老去，走向寂寞。父母以为孩子们在大城市过着光鲜的生活，却不晓得他们每前进一步都是拼尽全力。孩子们纵然知道白发人去日无多，却像鸵鸟一般将头埋进沙子，妄想着岁月静好。

通篇故事没有强烈的批判，没有非此即彼的对立，更多的是家长里短，更多的是无可奈何。唯其如此，更动人心。

父母子女意味着什么？但听汽笛长鸣，火车直奔远方。

生命的意义何在？且看大海宽广，时而宁静时而澎湃。

品味至此，你会不会产生终极的孤独？也许，遗憾方为人生。

《东京暮色》继续展现小津作品的精髓——直面衰老与死亡。

冬日的天空，下雪的黄昏，榉树的梢头，苍白的阳光……这一切都在提示着一个华美落尽、尽显生命底色的阴冷故事正在上演。

妻子喜久子抛弃子女、家庭，与人私奔，遭背叛打击的周吉含辛茹苦养大三个儿女，却又不得不承受儿女各自遭遇不幸的打击。

——儿子正年轻，登山出了意外，从此阴阳两隔。

——大女儿孝子夫妻不睦，不声不响跑回娘家。最后虽然回到丈夫身边，但丈夫的神经质，注定了孝子余生的艰难。

——从小缺失母爱的明子误入歧途,生活放纵,未婚先孕,男朋友宪二避而不见。失意的明子借酒浇愁,却在穿越道口时被电车撞飞,生命终止于花季。

聂鲁达有句诗:当华美的叶片落尽,生命的脉络才历历可见。读《东京暮色》,你会想到余华的《活着》。

1961年上映的《小早川家之秋》,围绕着洒脱不羁的大老板小早川万兵卫,上演了一场悲欢离合的家族故事。

大资本的冲击,给酿酒世家小早川家笼罩上淡淡的阴影。而一家之长的万兵卫我行我素的个性,给家族带来诸多不安定因素。他固然关心小女儿的婚事、孀居儿媳的幸福、家族的生意,但不羁的性格让他更留恋外面的花花世界。一次邂逅,令其和失散多年的老情人旧情复燃。

故事围绕万兵卫两次心肌梗死昏倒展开。第一次很快好转,尽管家人提心吊胆,本人却满不在乎,甚至丢下和他玩捉迷藏的孙子,溜出门去偷会老情人,活脱脱一个老顽童。第二次发病,昏倒在老情人家中,幸运不再,一命呜呼。

曲终人散,小女儿远嫁,大家庭解体,家族企业也走向被大资本兼并的命运。

《东京物语》《东京暮色》《小早川家之秋》,一脉相承的"小津调",于平淡中娓娓道来。当然,惊艳会有的,就在回首的刹那。

1959年,小津安二郎荣获日本艺术院奖。"因为获得了艺术院奖就推出一本正经的电影,若被人这么说也怪讨厌的……",据说正是基于上述心态,两位大师一反常态,创作出了轻松幽默的喜剧片《早安》,该片于1959年上映。

主人公是小实、小勇两个孩子。小津对孩童角色的处理自有定评。及至《早安》,孩子的形象更是深入人心。通篇故事下来,小津式幽默贯穿始终,人物形象饱满生动,串联起生动的故事情节。八卦是非,似乎是邻里关系的主题。而大人与孩子之间的冲突,借助放屁游戏的善意讽刺,让《早安》故事于欢快诙谐中多了一些理性的思考。

◎ 关乎婚姻爱情

《早春》是小津作品中篇幅最长的一部。故事围绕着一群年轻的上班族展开。上班之余,他们偶尔郊游聚餐、开心唱歌、斗嘴磨牙,这些轻快的插曲呼应着早春的明媚。公司间的派系争斗给上班族带来生存压力,这是早春的料峭。在派系争斗中负重前行的男主杉山,被电车伙伴金子千代诱惑出轨,导致老婆离家出走。

剧本安排了多处巧妙的对比:

悲情的三浦在病床上的一番感慨最令人动容。乡下出来的孩子终于在心仪的大公司谋得职位,无比热爱工作,却一病不起,只能每天躺在家里想象同事们按部就班的每一天。讽刺的是,三浦爱而不得的正是被同事们深恶痛绝的。

昔日战友眼中的杉山,有体面的工作、漂亮的妻子,按部就班走下去,最后或能升任董事,成为人生赢家。而杉山本人的感受则完全不同：孩子夭折，妻子唠叨，薪水过低，赏识自己的公司前辈被外调，现任部长打压异己，顶着千分之一的升迁机会，无异于顶着千斤压力。

还有急流勇退的河合，对比顶着压力一路爬到公司中层的老朋友小野寺。

急流勇退者毕竟微乎其微，绝大多数人还是背负着生活的重压一路前行。所以，大师将更多的笔墨给了年轻的主人公杉山，通过杉山的视角，讲述婚姻生活和职场生活的真实——爱不起来，也恨不起来，只能被生活裹挟着一步步向前。

而在被动前进的过程中，有限的自主选择变得至关重要：选择留在都市还是外调去大山？选择出轨的刺激还是回归家庭的平静？最终杉山貌似做出了正确的抉择——远离喧嚣和欲望的都市，去大山里守着寂寞，守着回归家庭的路。

此时，春天已远，夏天来临。

《茶泡饭之味》，作者的意图是描述夫妻爱情的理想存续状态。故事除了从女性的角度看待男人的优缺点，也试着从男性的立场阐述男人的特点。

出身长野农村的佐竹茂吉与千金小姐妙子相亲结婚，出身差异造就生活习惯的截然不同：一个偏好粗茶淡饭、淳朴自然；一个追求精致生活、浪漫享受。婚后多年，出身问题始终横亘在夫妻之间，成为许多矛盾的激化点。

最后二人误解消融，一起吃了顿朴素美味的茶泡饭。故事至此，过去的冲突早已烟消云散，字里行间弥漫着茶泡饭的滋味——淡淡的，暖暖的，简单且包容，清爽留余香。这不仅是茶泡饭之味，也是作者想表达的夫妻间的况味吧。

世事喧嚣，不如一起吃顿茶泡饭吧。

《浮草》中的男主人公是歌舞伎戏班班主驹十郎，他领着一众戏班成员，行走江湖，过着浮萍般的漂泊生活。两个情人，一个儿子，与爱情有关，与婚姻无缘，所以驹十郎注定了一生漂泊不定。在小津作品中，这篇故事罕见地设置了多处紧张刺激的戏剧性场面，也被称作"小津歌舞伎"。

三

关于自己的作品，小津安二郎有这样一番表述："比起故事本身，我更想刻画诸如轮回啦、无常啦这样一些深刻的东西。迄今为止这是最辛苦的……电影也是如此，不要推到最后，我想留有余白，让余白发酵成绵长的余味。"（日本《电影旬报》1952 年 6 月上旬号）

翻译过程中，再普通不过的家长里短，看似寻常的对白场景，不知不觉间便入了心，仿佛小桥流水，叮叮咚咚，声声扣着心扉，又像是一杯岁月的醇酿，入口平淡，回味绵长。是了，这便是大师的深刻和余味。

譬如说吧：

《晚春》中纪子和服部沙丘上的对话——

纪子　是啊，我切的咸萝卜，总是连着不断呢。
服部　那不过是菜刀和砧板间的对应关系，可是咸萝卜跟吃醋，二者之间，哪有什么有机的关联啊？
纪子　那你喜欢吃吗？连着的咸萝卜？
服部　偶尔吃吃也还不错吧，连在一起的咸萝卜呢——

到后来，不甘心的服部再次抛出纪子的"连着不断的咸萝卜"，而纪子只淡淡回了一句"菜刀钝了"。一句足矣，往事远矣。

《东京物语》中上野公园里老夫妻的对白最简单也最耐人寻味——

周吉　哎，这城市可真大呀。
富美　是啊。要是不小心在这里走散了，怕是一辈子都见不着面喽。

《麦秋》最后，老夫妻坐在大和乡下的祖屋，眺望着成熟的麦田，看到送亲的队伍从田间走过，便想起了远嫁的女儿——

志希　——纪子，也不知道现在怎样了……

周吉　唔……一家人就这么散开了……不过啊，我们已经很不错啦……

志希　……经历了那么多事情……活了这么长的时间……

周吉　唔……人的欲望是没有止境的呢……

志希　嗯……可是，我们真的幸福过呢……

周吉　唔……

一句"幸福过呢"，听来真是滋味万千啊。

人生是什么？是父母子女一场却终要离散，是矛盾无处不在，是"未觉池塘春草梦，阶前梧叶已秋声"……

人生还是什么？《秋刀鱼之味》中，晚景凄凉的佐久间老先生说："人生一世，到头来终究是一个人啊……"

人生还是什么？《小早川家之秋》中，借农夫之口如是说："不断地死去，不断地出生，生命就是这样循环往复啊……"

人生还是什么？《彼岸花》说，是"今天贺喜明天奔丧"。一句话，褪其华衮示其本相，赤裸裸的人生本就这么残酷。平山刚参加完好友河合千金的结婚典礼，第二天就要参加某某友人的告别仪式。忙忙碌碌间无非是喜迎与哀别。但谁又能停下奔忙的脚步？！

读懂小津的余味，你便读懂了人生。

四

纠缠山峦的烟霭散尽
春日在晴空下盛放
樱花烂漫，撩拨着我的思绪
此间，我沉湎于《秋刀鱼之味》
残樱零落忧思百结
清酒如药苦入愁肠
……

这是 1962 年 4 月 9 日，小津安二郎在创作剧本《秋刀鱼之味》期间写下的日记。就在两个月前，小津遭遇了丧母之痛，给予他无限疼爱的老母亲撒手人寰。

人生美好时，如春樱盛大开放。但盛到极致必是衰败，秋冬总归要来。《秋刀鱼之味》完成后的第二年冬天，即 1963 年 12 月 12 日，小津 60 岁生日当天，他如同一个洞悉生命真相的智者，释然放手，奔赴下一场命运而去。

2019 年 12 月，我着手翻译小津先生的经典作品。12 月 12 日清晨，窗外大雪纷飞，我阅读着小津先生的生平，思绪亦如纷飞的大雪。

茫茫白雪中，北镰仓圆觉寺内，一座"无"字碑兀然而立。碑下，沉睡着被誉为"最日本的导演"小津安二郎。

一个用诸多优秀作品温暖着人世的导演、剧作家，墓碑上的"无"字,亦如他的作品,留给世人无限言说的空间。而他转身离去,渐行渐远,直至跟天地融为一体。

火葬场烟囱冒出的青烟随风飘散。亲友们抱着骨灰去往饭店,途中经过一座桥。桥上停着黑色的乌鸦,河滩上也有几只乌鸦正在觅食,有一只栖落在石佛的头顶。

这是《小早川家之秋》最后一幕。寥寥几笔,便将人们的目光从悲情的家族故事引向高处。

深陷其中,是故事。读懂了,便是人生。

抬头,佛祖无喜无悲。

2021 年 10 月 15 日

译者 | 张丽娟

诗人,日语翻译家。
山东龙口人。
曾旅居日本多年。
译有中原中也诗集《山羊之歌》(2019年)。

编者说明

小津安二郎为日本著名导演，创造了独特的电影美学，不仅影响了日本乃至世界电影史的发展，也影响了日本现代生活美学以及人们对日常生活的态度。

"小津安二郎经典作品集"共4册，收录了小津安二郎12部（1949—1962年）代表作。本册收录了其中三部剧本：《彼岸花》《早安》《浮草》。

本作品集以井上和男编定的《小津安二郎全集》为底本。井上和男先生是日本著名导演，曾师从小津安二郎。

考虑到剧本的时代原因和表演属性，本书中标点符号的处理以尊重原文为主，不强作规范。特此敬告读者。

作家榜®经典名著

读经典名著，认准作家榜

作家榜，创立于 2006 年的知名文化品牌，致力于促进全民阅读，推广全球经典，连续 13 年发布作家富豪榜系列榜单，引发各大媒体关注华语作家，努力打造"中国文化界奥斯卡"。

旗下图书品牌"作家榜经典名著"系列，精选经典中的经典，凭借好译本、优品质、高颜值的精品经典图书，成为全网常年热销的国民阅读品牌，在新一代读者中享有盛誉。

经典就读作家榜
京东官方旗舰店

经典就读作家榜
当当官方旗舰店

经典就读作家榜
天猫官方旗舰店

经典就读作家榜
拼多多旗舰店

| 策 划 | 作家榜 |
| 出 品 | |

出 品 人	吴怀尧
总 编 辑	周公度
产品经理	丁浩炜
美术编辑	李孝红　刘　洋
内文插图	赖彩婷
封面设计	梁昌正
产品监制	陈　俊
特约印制	朱　毓

| 版权所有 | 大星文化 |
| 官方电话 | 021-60839180 |

作家榜抖音号
每周直播荐好书

作家榜官方微博
经典好书免费送

百态人生
尽在故事会

图书在版编目（CIP）数据

彼岸花：小津安二郎经典作品集 /（日）小津安二郎，（日）野田高梧著；张丽娟译. -- 杭州：浙江文艺出版社, 2022.6
（作家榜经典名著）
ISBN 978-7-5339-6842-7

Ⅰ. ①彼… Ⅱ. ①小… ②野… ③张… Ⅲ. ①电影剧本-作品集-日本-现代 Ⅳ. ①I313.35

中国版本图书馆CIP数据核字（2022）第068165号

责任编辑：金荣良
文字编辑：汪心怡

作家榜®经典名著
读经典名著，认准作家榜

彼岸花
小津安二郎经典作品集

［日］小津安二郎 ［日］野田高梧 著
张丽娟 译

全案策划
大星（上海）文化传媒有限公司

出版发行
浙江文艺出版社
杭州市体育场路347号 邮编 310006
浙江省新华书店集团有限公司 经销
浙江新华数码印务有限公司 印刷

2022年6月第1版 2022年6月第1次印刷
889毫米×1194毫米 32开本 12.875印张
印数：1—8000 字数：257千字
书号：ISBN 978-7-5339-6842-7
定价：52.00元

版权所有 侵权必究
（如有印装质量问题影响阅读，请联系021-60839180调换）